16

향란 신무협 장편소설

은해상단 막내아들

PAPYRUS
파피루스

은해상단 막내아들 16

초판 1쇄 발행 2024년 9월 27일

지은이 ǀ 향란
발행인 ǀ 최원영
편집장 ǀ 이호준
편집디자인 ǀ 박민솔
영업 ǀ 김민원 조은걸

펴낸곳 ǀ ㈜ 디앤씨미디어
등록 ǀ 2002년 4월 25일 제20-260호
주소 ǀ 서울시 구로구 디지털로32길 30 코오롱디지털타워빌란트 1301-1308호
전화 ǀ 02-333-2513(대표)
팩시밀리 ǀ 02-333-2514
E-mail ǀ papy_dnc@dncmedia.co.kr
블로그 ǀ blog.naver.com/gnpdl7

ISBN 979-11-364-5590-1 04810
ISBN 979-11-364-4602-2 (SET)

※ 저자와 협의하여 인지는 붙이지 않습니다.
※ 이 책은 ㈜ 디앤씨미디어(파피루스)가 저작권자와의 계약에 따라 발행한 것으로 본사와 저자의 허락 없이는 어떠한 형태나 수단으로도 내용을 이용할 수 없습니다.

79장. 해결책 ······················ 7

80장. 일어날 일 ··················· 65

81장. 산동에서 ··················· 135

82장. 백염상단 ··················· 205

83장. 금계루의 숙수 ·············· 261

79장. 해결책

해결책

그로부터 며칠이 지났다.

유민들은 간단한 조사를 마치고 호남성의 한 마을로 향하게 되었다.

진영 대협의 말을 들어 보니, 이번 흉년 때 황실에서 호남성에 제법 큰 농지를 구매했다고 했다.

"농지를요?"

"서로에게 제법 나쁘지 않은 거래였지. 마침 그 농지의 주인이 급전이 필요한 상황이라서 말이야."

"그랬군요."

"사실 폐하께서 자네가 전에 민란의 무리를 위해 했던 그 일에 깊은 감명을 받으셨나 보더군."

그 일이라면 호북성 숭양현과 양은현 사이의 산속에서

녹림 짓을 하고 있던 민란의 무리를 달래어 그들에게 농지를 소작하게 해 준 일을 의미하는구나.

물론 지은 죄가 있기에 몇 년간은 소작료 없이 농사를 지어야 했지만 말이지.

게다가 그때 얻은 경인죽을 비롯한 인재들은 지금 은해상단에서 밝은 미래를 위해 땀 흘려 일하고 있었다.

아무튼, 그때 그 일에 감명을 받으셨다고?

"이 제국의 땅은 누구의 것인가?"

"그야 물론……."

어? 그러고 보니 진짜 뭐라고 대답해야지?

원론적으로는 제국의 모든 땅은 황제의 것이다. 하지만 실질적으로도 그런가?

아니다.

황제의 땅을 빌린다는 의미로 땅에 대한 세금을 내긴 하지만 모든 땅에는 그 소유권을 가진 임자들이 있다.

내 난감한 표정을 예상했는지 진영 대협은 웃으며 말을 이었다.

"식량이 가장 중요한 자원인 만큼, 땅은 권력이라고도 할 수 있지. 솔직히 한 마을에서 가장 많은 땅을 가진 자는 그 마을의 왕으로 군림하지 않는가?"

"……."

"폐하께서는 이번 흉년을 기회라 생각하시고 제법 많은 땅을 사들이셨네. 지금도 계속해서 사들이고 있고."

진영 대협의 말에 나는 속으로 감탄했다.

진짜 대단하시네.

이 흉년을 진정한 의미의 황권 강화를 위한 초석으로 삼으시다니 말이다.

솔직히 그 추진력도 대단하고.

흉년은 앞으로 삼 년 정도 이어질 예정이고, 그 기간 동안 제법 많은 지주들이 땅을 내놓게 된다.

토지에서 나오는 소출이 줄어들면 그들에게 들어오는 수입도 준다는 의미니까.

하지만 쓰던 씀씀이는 쉽게 줄이기 어렵다.

수입이 줄었으니 씀씀이를 줄여야 버틸 수 있는데, 씀씀이를 줄이지 않으면 결국 땅을 파는 수밖에.

"하지만, 폐하께서는 자영농들의 토지는 건들지 않고 계시지. 대신 식량을 빌려주실 뿐. 무슨 이유일 것 같나?"

나는 미소 지었다.

"세금입니까?"

"역시 총명하군!"

자영농들이 내는 세금은 제국의 중요한 수입원이다. 그것으로 제국이 살림을 꾸려 나가니까.

지주들 역시 세금을 내긴 하지만, 솔직히 정직하게 세금을 내는 자들은 거의 없지.

우리 은해상단은 정확하게 계산해서 내지만.

나중에 문제가 생기면, 그로 인해 쌓아 온 것들이 무너지게 될 수도 있으니까.

황실의 재산을 불림과 동시에 세금을 낼 자영농을 지키는 것.

 그 두 가지 일을 균형 있게 한다는 건 보통 일이 아닌데…… 진짜 대단하신 분이구나.

 그런 분이 오래오래 이 제국을 다스려야 이 제국이 편안하다.

 장수하셨으면 좋겠네.

 아무튼 서운파에 있던 유민들은 그 마을에 있는 황실의 땅을 경작하는 소작농이 될 거라고 했다.

 그들로서도 나쁘지 않은 일일 거다.

 일만 열심히 한다면 굶어 죽을 걱정은 하지 않아도 되니까.

 그리고 민란을 주도한 서운파의 문주와 주요 인물들은 황궁으로 압송되었다.

 그렇게 서운파에 관련된 일은 일단락되었다.

 내 일은 아직이지만.

 이제 귀주성으로 돌아갈 때가 된 것 같네.

 나는 내 처소의 창문을 열고 밖을 내다보았다.

 이곳에 올 때만 해도 여름이었는데, 어느새 가을로 접어들고 있었다.

 그때 팔갑이 내 처소로 들어오며 말했다.

 "도련님. 포정사 대인께서 오라고 합니다요."

 "그래?"

"네. 그래서 동 공자님께서 기다리고 계십니다."

아…… 그와 같이 오라는 거구나.

내가 처소를 나서자 동항수 공자가 이미 준비를 마치고 마당에 서 있었다.

"서두르게."

"아, 네."

그는 무심하게 한마디를 던지고는 몸을 돌렸다.

이번 일도 내가 해결한 거나 다름없는데, 수고했다는 말 한마디가 그렇게 힘드나?

쳇.

우리는 포정사의 집무실로 향했다.

"들어오게."

우리는 도착했음을 고하고, 안으로 들어갔다.

"부르셨다고 들었습니다."

포권하여 예를 갖추던 동항수 공자는 다른 누군가를 발견하고는 고개를 갸웃했다.

나는 이미 안에 포정사 말고 다른 누군가가 있음을 알고 있었다.

그는 다름 아닌 진영 대협이었다.

동항수 공자는 얼른 고개를 숙였다.

그는 관직에 오른 이니만큼, 진영 대협이 들고 있는 부채에 달린 수술의 황금색 모란꽃 장식을 알아본 것이다.

금의위들은 전투 때 사용하는 작은 방패와 금색의 갑주, 황제가 하사한 검을 비롯하여 부채에 달린 수술의 장식으로 그 정체를 드러냈으니까.

"금의위 대협을 뵙습니다."

그 인사에 진영 대협은 무표정하게 고개를 끄덕이는 것으로 답례했다.

동항수 공자는 긴장한 표정이었다.

그럴 수밖에 없는 게, 금의위는 직급에 비해 그 권력이 매우 막강했다.

황제를 위해서라는 명분만 있다면 그 누구든지 체포하여 심문할 수 있기 때문이다.

그래서 전대 황제 때는 그 명분을 악용해 마음에 들지 않는 이들에게 반역죄를 뒤집어씌운 적도 있었다.

하지만 지금의 황제 폐하 때는 그런 일이 없다.

금의위가 그런 짓을 했다가는 황제 폐하께서 그 금의위를 족쳐 버릴 테니까.

뭐, 금의위에 간이 부은 이들이 있을 수도 있는 만큼 전혀 없다고는 할 수 없지만.

그래도 그 인식은 쉽게 바뀌지 않았고, 역모를 꾀하는 이들에게 공포스러운 존재인 건 맞으니까.

나는 분위기를 환기할 겸, 웃으며 진영 대협에게 물었다.

"아직 안 가셨습니까?"

"일이 아직 안 끝나서 말이지. 호남성에 온 김에 해야 할 일도 있고."

"고생이 많으십니다."

"그래 봤자 자네만 하겠는가?"

내가 그와 친근하게 대화를 나누자, 동항수 공자는 나를 의아한 표정으로 바라봤다.

사실, 진영 대협은 평소 무뚝뚝한 편이다.

그를 처음 봤을 때, 추위를 느끼지 않는 나도 싸늘함을 느꼈을 정도니까.

하지만 그간 쌓아 온 시간과 신뢰가 있기에 내게는 부드럽게 대해 주시는 거다.

나는 고개를 돌려 포정사를 보았다.

내 시선에 그가 말을 이었다.

"다름이 아니라, 이번에 자네들이 귀주성으로 돌아갈 때 나 역시 동행하고자 하네."

"포정사 대인께서 말씀입니까?"

동항수 공자의 물음에 그는 무겁게 고개를 끄덕였다.

"이번 일이 비록 저들의 계략이었다고 하지만, 내 집안에 잠입한 자로 인해 벌어진 일. 내가 집안을 제대로 다스리지 못한 탓이네."

그는 한숨을 내쉬었다.

"자고로 수신제가 치국평천하라고 했네. 나를 다스리고 집안을 잘 다스린 후에야 이 호남성을 잘 치리할 수 있는 법인데……."

나는 그를 부드럽게 위로했다.

"너무 자책하지 마십시오. 솔직히 누가 저들의 흉계를 알아차릴 수 있었겠습니까? 다행히 최악은 면했습니다."

"그래, 폐하의 은덕과 자네의 도움이 컸지. 아무튼 내가 이 일에 대해 직접 귀주성의 포정사에게 사과를 할 생각이네."

그는 고개를 돌려 진영 대협에게 말했다.

"그러고 나서는 황제 폐하를 뵙고 포정사의 직을 내려놓으려고 합니다."

"……!"

사직까지 생각하셨다니!

이번 일로 인해 제법 큰 충격을 받으신 듯했다.

그의 말에 진영 대협은 씩 웃었다.

"역시 황제 폐하이십니다."

"……?"

그 말에 호남성 포정사 대인은 의아한 표정을 지었고, 진영 대협은 자신의 품에서 붉은색 비단으로 감싼 서신을 내밀었다.

"만약 포정사 대인께서 사직을 생각하신다면 이걸 전하라고 하셨습니다."

포정사 대인은 그 자리에서 무릎을 꿇었고, 그 서신을 공손히 받아 펼쳐 보았다.

"……."

그는 입술을 깨물었다. 눈시울이 붉어진 것을 보니 그 서신에 적잖게 감동을 한 것 같은데.

대체 뭐라고 적혀 있기에 저런 반응이신 거지?

"크읍! 황은이 망극하옵니다."

진영 대협이 우리에게 눈짓했다.

바깥으로 나가자는 뜻.

그렇게 우리는 집무실에서 나왔고, 진영 대협이 내게 물었다.

"언제 북경으로 돌아올 계획인가?"

"이번 일을 마무리 짓자마자 돌아갈 계획입니다. 얼마 걸리지 않을 겁니다."

"황제 폐하께서 자네와 긴히 의논하실 일이 있으신 것 같더군."

"알겠습니다. 최대한 빨리 상경하겠습니다."

그는 고개를 끄덕이고는 인사를 건넸다.

"그럼 이만 가 보겠네. 가는 길에 내가 배웅하지 않는다고 해서 너무 서운해하지 말게."

"이렇게 와 주신 것만으로도 기쁠 따름입니다."

"그럼 북경에서 보세."

"살펴 가십시오."

나와 동항수 공자는 그를 향해 포권을 했다. 그리고 고개를 들었을 때 어느새 저 멀리 가고 계셨다.

"자네."

동항수 공자가 나를 불렀다.

"네?"

"대체 자네의 정체가 뭔가? 대체 정체가 뭐길래 저 빙안염검(氷顔炎劍) 대협이 웃으며 대화를 하는 건가?"

빙안염검은 진영 대협의 명호다.

얼음 같은 얼굴로 불꽃 같은 검을 휘두른다는 의미인데, 그 특유의 싸늘함과 극양의 무공 때문에 그런 명호가 붙은 듯했다.

"게다가…… 황제 폐하께서 자네와 의논을 하신다니. 그 빙안염검 대협이 폐하를 두고 농담하실 분은 절대 아니고……."

나는 그저 아무 말 없이 웃을 뿐이었다.

아이, 참. 진영 대협도.

동항수 공자가 나를 대하는 것이 좀 그렇다는 것을 눈치채시고 그에게 경고한 거다.

나를 함부로 대했다가는 재미없을 거라고.

동항수 공자의 두 다리가 덜덜 떨리기 시작했다.

"자, 자네, 생각보다 대단한…… 분이셨군요."

갑자기 높임말을 쓰니 적응이 안 되네.

"그냥 말을 낮춰 주셔도 됩니다. 나이도 어린 천한 상인이 어찌 관직에 계신 공자께 높임말을 듣겠습니까?"

하지만 그는 더욱 난감한 표정을 지었다.

그 표정을 보니 기분이 좋기는 하지만, 그래도 계속해서 저런 모습이면 나도 불편하다. 이쯤 해야지.

"그럼 돌아가도록 하죠."

"네."

그날 저녁.

호남성 포정사는 시종을 통해 귀주성으로 가는 일정을

알려 주었다.

출발은 내일모레다.

아무래도 적잖은 시일 동안 포정사가 자리를 비우려면 준비해야 할 것이 많으니까.

게다가 이번에 찾아가는 명목은 사과이니, 마땅한 선물도 준비해야 할 터.

저녁을 먹은 나는 소화도 시키고 머릿속도 정리할 겸해서 외처의 후원을 걷고 있었다.

그때 저 앞에 포정사 대인이 보였다.

나는 포권했다.

"저녁은 드셨습니까?"

"먹었지. 식사는 했나?"

"네. 덕분에 맛있게 먹었습니다."

"잠시 같이 걷지."

"네."

그 역시 나처럼 후원을 걸으실 요량으로 나오신 것 같았다.

이제 구월인 만큼 아침저녁으로 쌀쌀해질 법도 했지만, 호남성이라 그런지 아직 덥다.

그래도 꽃들이 예쁘니 후원을 걷는 보람은 있네.

"진영 대협에게 들었네. 황제 폐하께서 총애하신다고."

"부끄러운 재주를 폐하께서 아껴 주시는 것뿐입니다."

"황제 폐하께서는 쓸모없는 신하를 아주 싫어하시지."

그건 그의 말대로다.

"그리고 이번에, 폐하께서 왜 자네를 아끼시는지 확실하게 확인할 수 있었네."

그는 발걸음을 멈추고는 내 눈을 보며 말했다.

"며칠 전, 넷째를 만났다고 들었네."

"네. 그랬습니다."

나는 그에게 진실을 말해야 하는지 살짝 고민했다. 그때 포정사가 말했다.

"혹시, 내가 생각하는 것이 맞는 건가?"

"네?"

"넷째가 자령이를 연모하고 있는 것이 맞나?"

"……."

나는 대답하지 않았다. 대답할 필요가 없으니까.

"하아……. 그 녀석이 자령이에게 관심이 많다는 건 알고 있었지만…… 그 마음이 그리 간절했을 줄은 몰랐네."

그는 복잡한 얼굴로 말을 이었다.

"자네도 봐서 알겠지만, 그 녀석은 좀처럼 자신의 마음을 잘 표현하지 않아서 말이지."

"……."

"후, 만약 그 녀석이 자령이에게 마음이 있음을 말했다면 나는 그 녀석을 자령이와 맺어 주었을 거네. 자령이와 혼약 이야기가 오갈 때만 해도 셋째는 그냥 내 말을 따른다는 의향이었거든."

그 이야기에 나는 포정사의 넷째 아들이 더욱 안타깝게 느껴졌다.

"혹시 넷째에게 그 차에 대해 이야기했나?"

그 물음에 나는 고개를 저었다.

솔직히 어찌해야 할지 아직 결정하지 못했으니까.

"그럼 내 부탁 하나만 해도 되겠나?"

"무엇입니까?"

"내 아들들에게 이에 대해 비밀로 해 주게."

"……."

"솔직히 이 호남성을 치리하는 포정사로서는 진실을 숨기는 건 아니 될 행동이지만, 못난 아비의 부탁일세."

만약 이번 일에 대해 알게 된다면, 넷째는 넷째대로 자책하게 될 거다.

자신이 연모하는 여인을 자신의 손으로 죽일 뻔한 셈이니까.

사실 이전 삶에서는 정말 자령 소저가 죽었고.

그리고 셋째는 자신의 혼약자를 죽을 뻔하게 만든 넷째를 원망하게 될 거다.

안 그래도 심약한 넷째 아들이다.

그렇게 된다면 죄책감을 견디지 못하고 스스로 목숨을 끊을지도 모른다.

모르는 게 약이라는 말이 있는데, 지금이 딱 그런 상황이다.

"그리하겠습니다."

"고맙네."

"하지만 언젠가 사실을 알게 될 겁니다. 더군다나 저들은 북경으로 압송되었지 않습니까?"

"진영 대협을 통해 황제 폐하께 부탁드릴 생각이네."

아…… 그러시구나.

그렇다면 별 문제 없겠네.

"그건 그렇고……."

그는 나를 바라보며 말을 이었다.

"자네는 무림맹에 대해 어찌 생각하나?"

포정사의 질문에 잠시 머릿속이 복잡해졌다.

그 질문의 의도를 알 수 없었기 때문이다.

이번 일을 조사하는 과정에서 무림맹에 대한 이야기가 나온 만큼 포정사에게 일말의 의심이라는 것이 생겼을 것이다.

그런 상황에서 무림맹이 영웅이라 띄워준 나에게 이리 묻는 저의가 무엇일까.

무림맹에 대한 태도를 확실하게 정하기 위해서?

아니면 나에 대한 태도를 정하기 위해서?

나는 그에게 물었다.

"무림맹의 영웅인 제 견해가 궁금하신 겁니까? 아니면 상인으로서의 제 견해가 궁금하신 겁니까?"

"우문에 대한 우문이군."

그는 그리 중얼거리며 말을 이었다.

"내가 전에 자네가 영웅인지 상인인지에 대해 물었을 때 자네는 본인이 상인이라고 했네. 그리고 사람은 이득 앞에 솔직한 법이지."

"맞습니다."
"그러니 다시 묻겠네. 상인으로서의 견해는 어떤가?"
"무림맹은……."

솔직히 무림맹이야말로 속이 시커멓고 뒤가 구린 놈 중에 제일이며, 위선을 덕지덕지 처바른 새끼들이며 가장 치졸하고 더러운 놈들에 내 불구대천의 원수라고 대답하고 싶었다.

하지만 다짜고짜 그리 말한다면 나를 이상한 눈으로 볼 거다.

나는 미소 지으며 대답했다.

"솔직히, 그리 좋은 거래처는 아니지요."
"의외로군. 그들만큼 든든한 거래처도 없지 않나?"
"딱히 그렇지도 않습니다."
"그들은 자네를 영웅으로 밀어 준 곳으로 아는데, 우호적인 관계가 아니었나?"
"누군가 위험에 닥쳤는데 그걸 보고만 있을 수는 없지 않습니까? 더군다나 제 부모님도 계셨습니다. 제가 나서지 않았다면 무척 많은 이들이 죽고 다쳤을 뿐만 아니라 용봉비무회 자체가 중지되지 않았을까요?"
"허……."

내 대답에 그는 알겠다는 듯이 고개를 끄덕였다.

"그렇다면 이걸 물어봐도 되겠군."
"무엇 말씀입니까?"
"무림맹이 자령이를 죽이려 했던 것이 맞나?"

"……!"

이렇게 단도직입적으로 물어보실 줄은 몰랐는데.

그 말은 즉, 이미 무림맹에 대한 파악이 끝나셨다는 의미다.

역시 젊은 나이임에도 황제가 한 성의 행정을 처리하는 직위를 맡겼을 정도로 능력 있는 분이다.

그렇다면 사실대로 대답하는 게 맞겠지.

"맞습니다."

"대체 무엇을 위해서……."

그건 자령 소저가 미래를 보는 자이기 때문이다. 하지만 이에 대해 말할 순 없다.

"저도 그 이유는 잘 모르겠습니다."

"그렇다면 저들이 자령이를 또 노릴 수도 있다는 건데……."

"그래서 말인데, 귀주성에서 포정사 대인과 함께 의논해 주실 일이 있습니다."

"알겠네. 그렇게 하도록 하지."

그는 고개를 끄덕이고는, 나를 보며 진지하게 말했다.

"하지만, 자네가 영웅인 건 맞다고 보네. 그곳에 자네의 부모님이 계셨든 아니든, 위기에 빠진 이들을 그냥 두고 보지 않은 자네의 그 마음은 영웅의 마음이라고 생각하니까."

왠지, 그 말을 듣는 내 뺨이 간지러웠다.

.
.
우리는 귀주성으로 출발했다.

호남성 포정사와 같이 가는 만큼, 우리 역시 편하고 빠르게 갈 수 있었다.

곧 우리는 귀주성 승선포정사사에 도착했다.

귀주성 포정사가 직접 나와 우리를 맞이했다.

"어서 오십시오."

"이리 반갑게 맞아 주시니 감사할 따름입니다."

"먼 길 오시느라 고생이 많으셨습니다."

그렇게 서로 예를 갖추며 인사를 했고, 이어서 동항수 공자와 나를 보며 치하했다.

"은 소단주도 고생이 많았네."

"별말씀을요."

"그리고 너도 고생 많았다."

"네."

간단한 대답.

귀주성 포정사는 그러려니 하는 표정이다.

우리는 안으로 들어갔다.

귀주성 포정사는 호남성 포정사를 직접 처소로 안내해 주었다.

이제 나도 들어가서 쉬어야지.

나는 동항수 공자에게 말했다.

"고생 많으셨습니다."

"아, 아닙니다."

그는 진영 대협과 만난 그날 이후부터 나를 매우 어려워했다.

하긴 제국의 관리 된 입장에서 황제의 신임을 받는 자를 편하게 대할 수 있을 리가 없긴 하다.

아무리 사회성이 떨어진다고 해도 자신의 목줄을 쥐는 자는 아는 법이니까.

"어서 들어가 쉬십시오."

그는 그 말을 마치고 내 시야에서 사라졌다.

* * *

동항수는 터덜터덜 걸어가며 한숨을 내쉬었다.

'이거 형님들이 알면 뭐라고 하려나.'

그는 위로 형님이 둘, 아래로 동생이 둘이다.

애매한 위치다 보니 그는 위아래로 치이며 상처받지 않기 위해 저도 모르게 냉소적으로 성격이 변했고, 주변 사람들과도 친하게 지내지 않다 보니 사회성이 떨어지게 되었다.

하지만 그런 그도 여동생인 동자령에게만큼은 살갑게 대했고 또, 그만큼 아끼고 사랑했다.

그런 자신의 여동생이 누군가에게 독살당할 뻔한 것이다.

분노했지만, 그 분노는 밖으로 표출되지 않았다.

언제나 그랬듯이.

그러던 중 은서호라는 자와 함께 호남성으로 가게 되었다.

그는 은서호가 마음에 들지 않았다. 여동생이 은서호에게 안부를 전해 달라는 것부터 말이다.

솔직히 동자령이 중독 증상이라는 것을 알려 주고, 그에 맞는 의원을 추천해 주어서 여동생을 살 수 있게 해 준 건 고마웠다.

그러나 고마운 건 고마운 거고…… 마음에 들지 않는 건 마음에 들지 않는 거다.

왜 마음에 들지 않았을까 생각하던 그는 그 이유를 깨달았다. 첫 번째 이유는 그냥 단순한 질투심이었던 것 같았다.

'내가 참 유치했구나.'

돌이켜 보니 부끄러웠다.

두 번째는 은서호가 상인이기 때문이었다.

솔직히 아버지가 그를 극찬했지만, 그는 달갑지 않았다.

'상인이 상인이지, 뭐.'

그는 은서호에게 자신의 신분을 귀주성의 판관이라고 밝혔지만, 사실은 아니었다.

그의 진짜 신분은 귀주성 제형안찰사사의 첨사였다.

첨사는 감찰 실무를 담당하는 정오품의 직책.

그리고 그 직의 특수성으로 인해 다른 직을 사칭하여 신분을 속이는 것이 인정되었기에 은서호에게 그리 말한 것이다.

그리고 그가 상인을 혐오하는 이유 역시 그 직책 때문이었다.

현장에서 감찰을 담당하다 보면 수많은 청탁을 받게 되는데, 그 청탁하는 자의 대부분은 상인들이었다.

그래서 은서호를 그 상인들과 다를 바 없다고 생각한 것.

그러나 이번에는 자신이 틀린 듯했다.

'빙안염검이라 불리는 진영 대협이 가까이하는 것도 모자라 그 황제 폐하께서 의견을 구하는 인물이라니!'

일전에 자신을 천한 상인이라고 칭했고, 그는 속으로 '제 주제를 아는군'이라고 생각했었다.

하지만 아니었다.

황제가 의견을 구하는 인물이 어찌 천한 상인이라 할 수 있겠는가?

'아, 젠장!'

돌이켜 생각해 보니 자신이 은서호에게 잘못한 것이 생각나며 부끄러웠다.

'내가 너무 속이 좁았구나. 이따가 정식으로 사과하러 가야겠다.'

그가 사과하겠다고 마음먹은 것은 개인적인 반성도 있었지만, 다른 이유도 있었다.

혹여나 은서호가 이 일로 앙심을 품고, 자신의 가문에 해코지를 할까 봐 염려되는 것도 있었기 때문이다.

셋째라는 어중간한 위치 때문에 본의 아니게 상처 받는 일이 많았지만, 그래도 그는 자신의 가족을 아꼈으니까.

* * *

나는 귀주성 승선포정사사 사택 내에 있는 내 처소에서 서책을 읽고 있었다.
"그거 재미있으십니까요?"
팔갑이 물었고, 나는 고개를 저었다.
"아니, 재미없어."
"그런데 왜 그렇게 집중해서 읽고 계시는 겁니까요?"
"나한테는 재미가 없지만, 이걸 재밌게 읽은 사람들이 많으니까. 이를테면 내 고객들?"
"재미없는 서책을 읽는 거 힘들지 않으십니까요?"
"당연히 힘들지."
"세상에 쉬운 일 하나 없습니다요."
나는 피식 웃었다.
"쉬운 일도 있어."
"그게 뭡니까요?"
"적성에 맞는 일. 그게 가장 쉬운 일이지."
이것도 내가 상인이라는 적성에 맞기에 할 수 있는 거라고 생각한다.
그렇게 팔갑과 이야기를 나누다 보니, 처소로 다가오는 기척이 느껴졌다.

이 기척은······.

곧 밖에서 호위를 서고 있던 이필 무사의 목소리가 들렸다.

"주군, 동항수 공자께서 오셨습니다."

무슨 일이지?

고개를 갸웃하며 문을 열고 나가자, 동항수 공자가 나를 보고 서 있었다.

"어쩐 일이십니까?"

"그게······ 긴히 드릴 말씀이 있어서 왔습니다."

"들어오시지요."

나는 그를 처소 안으로 들였다.

팔갑이 차를 가져왔고, 우리는 차를 마시며 대화를 나누었다.

"무슨 일로 여기까지 오셨습니까?"

"그간 제가 무례했던 것을 사과드리려고 왔습니다."

"······."

솔직히 다른 사람이라면 이런저런 이야기를 하다가 본론으로 들어갈 텐데.

곧바로 본론으로 들어가는 것을 보면, 이 사람도 참 대단하네.

솔직히 쓸데없는 말로 시간 낭비 안 해서 좋긴 하지만.

그런데 사과라니······.

그럴 인물로 안 보였는데, 나로 인해 자신이나 가족들에게 피해가 갈까 걱정해서 그런가?

물론 그가 진짜 냉소적인 인물이 아니라는 것은 진작에 파악했다.

진짜 냉소적인 인간은 주변 사람들이 어찌 되든 안중에 없거든.

동항수 공자는 냉소적인 척하는 거다. 그 이유가 뭔지 알 수 없지만.

재밌네.

"혹시 제가 기분이 나쁘다는 이유로 공자나 공자의 가문에 해코지를 할까 봐 그러시는 거라면, 사과하지 않으셔도 됩니다."

나는 말을 이었다.

"개인의 기분 때문에 누군가를 곤경에 빠트리는 건 제가 싫어하는 겁니다. 제가 왜 스스로 싫어하는 일을 하겠습니까?"

"……."

그는 입술을 깨물었다가, 잠시 후 입을 열었다.

"그것도 있지만, 사실 제가 참 유치하고 못났다는 생각을 했기 때문입니다."

"……?"

"사실 자령이가 은 소단주께 관심이 있다는 것이 질투가 났습니다."

이게 그의 진심이구나.

그만큼 동자령 소저를 아낀다는 거겠지.

"그리고, 사실은 제가 첨사의 직에 있습니다. 그러다

보니 수많은 상인에게 청탁을 받았고, 그래서 상인들을 별로 좋게 보지 않고 있습니다."

그는 포권하며 고개를 숙였다.

"은 소단주를 그런 상인들과 똑같이 생각했던 제 편협함을 사과드립니다."

그런 거였군.

이 사람도 나름대로 이유가 있었다.

이렇게라도 오해가 풀려서 다행이라고 해야 하나?

"사과 받아들이겠습니다."

"감사합니다."

"대신, 도와주셔야 할 것이 있습니다."

"그게 무엇입니까?"

그 물음에 나는 한숨을 푹 쉬었다.

"제가 듣기로 지금 동 소저의 오라버니들이 오고 있다더군요."

"맞습니다. 그건 어찌 아셨습니까?"

"별당을 청소 중이더군요."

자령 소저가 회복되고 있다는 소식에 동자령의 오라버니들이 달려오고 있다는 것을 아까 팔갑이 말해 줬다.

"부디, 오해가 없도록 잘 설명 부탁드립니다."

"맡겨만 주십시오. 골치 아픈 일 없도록 하겠습니다."

.

.

.

그날 저녁.

나는 귀주성 포정사가 보낸 시종을 따라 이동하고 있었다.

그가 나를 안내한 곳은 집무실이나 접빈실 같은 곳이 아니었다.

승선포정사사의 외처 중에서도 구석진 곳.

그곳에 누각 하나가 있었다.

이곳에 저런 곳이 있었나?

그 정자가 세워진 곳 주변에는 아무것도 없었다. 심지어 나무나 키 작은 관목도 없었다.

다만, 손 하나 잠길까 말까 한 깊이의 냇물이 누각의 네 면을 둘러싸고 흐르고 있었는데 한 면과 면 사이에 단차가 있어 작은 폭포가 되어 흐르면서 그 소리로 인해 주변에 소리가 차단되었다.

이 누각이 무엇을 위해 지어졌는지 알 것 같았다.

긴밀한 일을 의논하기 위한 곳이다.

사방에 몸을 숨길 곳이 없으니 숨어서 엿들을 수 없으니까.

그리고 일정 거리 밖에 호위를 세워 놓으면, 물소리 때문에 그 호위조차 정확한 대화를 들을 수 없다.

물론 신변의 안전을 장담할 수 없는 경우에는 호위를 가까이에 두겠지만.

그 누각에는 이미 선객이 있었다.

귀주성의 포정사와 호남성의 포정사다.

나는 누각에 올라가 두 사람에게 공손히 인사했다.
"부르셨습니까?"
"어서 오게. 편히 앉게나."
"네."
내가 빈 자리에 앉자, 호남성의 포정사가 먼저 입을 열었다.
"지난번에 자네가 말한 것 때문에 이런 자리를 만들었네. 셋이서 긴히 의논할 게 있다고 하지 않았나."
"네. 맞습니다."
그래서 이곳으로 나를 불렀구나.
아무래도 내가 의논하자고 한 내용이 밖으로 유출되어서 좋을 것이 없다고 판단하신 듯했다.
그리고 두 사람의 표정이 밝은 것을 보니, 두 사람 사이의 오해는 다 풀린 듯했다.
다행이네. 두 분은 그 자리에 계속 있어 주어야 할 분들이니까.
"이번 일은 두 분이 아시는 듯이 서운파에서 자령 소저의 목숨을 노린 일입니다. 그리고 서운파 뒤에는 다른 세력이 있습니다."
귀주성 포정사가 말했다.
"나도 들었네. 무림맹에 몸담은 함송이라는 자가 그리 지시했다지?"
"예. 하지만 저는 그게 함송이라는 자의 독단이라고는 생각하지 않습니다."

"……."

"무엇 때문에 자령 소저를 죽이려는지 모릅니다만……."

사실 알긴 하지만 여기선 말할 수 없으니까.

"저는 장담할 수 있습니다. 그들은 다시금 자령 소저의 목숨을 노릴 겁니다."

그렇다.

이게 바로 진짜 문제이다.

일단 사중첩 독은 나와 백발화의 덕분에 해결할 수 있었지만, 무림맹은 여기서 포기할 리가 없다.

그들이 사중첩 독까지 동원했다는 건, 그만큼 자령 소저의 능력을 경계하고 있다는 뜻이다.

절대 자령 소저를 죽이는 일을 포기할 리가 없다.

"그러면 대체 어떻게 해야 한단 말인가?"

나는 귀주성 포정사를 보며 말했다.

"제가 생각해 둔 방법이 하나 있습니다."

내 말에 귀주성 포정사가 안달 난 표정으로 물었다.

"그 방법이 무엇인가?"

"그건, 죽는 겁니다."

"뭐?"

내 말에 두 포정사는 당황한 표정이 역력했다.

그도 그럴 게, 내가 생각해도 내 말은 황당하게 들렸을 테니까.

"지금…… 장난하는 건가?"

귀주성 포정사가 분노를 억누르는 목소리로 물었고, 나

는 가볍게 고개를 저었다.

"저는 지금 진지하게 말씀드리는 겁니다."

"그런데 그게 무슨……."

그때 호남성의 포정사가 손을 들어 그를 진정시켰다.

"좀 더 자세히 설명해 보게나."

"네."

나는 설명을 시작했다.

"제가 말한 '죽는 것이 방법'이라는 말은 저들의 허를 찌르자는 뜻입니다."

"허를…… 찌른다?"

"그렇습니다. 즉, 자령 소저가 죽었다고 믿게 만들자는 겁니다."

나는 말을 이었다.

"제가 상단 일을 하며 알게 된 게 있습니다. 무림맹이라는 곳이 얼마나 끈질기고 집요한 곳인지 말입니다. 그들은 목표를 정했으면 수단과 방법을 가리지 않고 달성하려고 합니다."

"……."

"만약 두 분께 다른 방법이 있다면 이 방법을 쓸 필요는 없습니다. 솔직히 저와 자령 소저는 남이 아닙니까? 가족과 그리고 가족으로 묶일 분들이 자령 소저를 더 아끼시는 만큼 다른 방법이 있겠죠."

내 말에 그 둘은 한숨을 내쉬며 고개를 저었다. 그 표정에서 무슨 결정을 할지 짐작할 수 있었다.

내 말뜻을 이해한 귀주성 포정사는 씁쓸한 표정으로 말했다.

"나는 자네가 알려 주기 전까지 그들이 손을 썼다는 사실도 몰랐네. 아비로서 이런 말을 하고 싶지는 않지만, 솔직히 내 능력으로는 저들의 마수에서 딸을 지킬 수 있다고 확신할 수 없군."

그는 말을 이었다.

"자네의 제안 말고는 딱히 좋은 방법이 떠오르지 않는군."

나는 호남성 포정사에게 고개를 돌렸다.

이에 그 역시 귀주성 포정사의 말에 동의한다는 듯 고개를 끄덕였다.

하긴, 이전 삶에서 황후도 무림맹의 손에 죽은 만큼 두 분이 일반적인 방법으로는 자령 소저를 지킬 수 없을 거다.

"그럼 결정되었군요."

"하지만 어떻게 저들의 눈을 속일 수 있다는 건가? 저들은 분명 딸의 시신도 확인할 자들인데."

"그건 백발화의의 도움을 받을 생각입니다."

독을 해독할 수 있다는 건 다르게 말하면 독을 만드는 것도 가능하다는 의미.

그러면 며칠 정도 사람을 죽은 것처럼 위장하는 독약을 만들 수 있을 테니까.

호남성 포정사가 쓴웃음을 지었다.

"그렇게 자령이를 공식적으로 죽은 사람으로 만들면, 자령이를 며느리로 삼을 수 없게 되는군."

"……."

"하지만 자령이를 위해서는 이보다 더 좋은 방법이 없으니 어쩔 수 없지."

그리고 이는 호남성 포정사의 두 아들을 위해서도 좋은 방법일 거다.

연모하는 여자가 자신의 형과 혼인하는 걸 바라보는 넷째의 마음도 지옥이고, 그런 넷째의 마음을 알아차리고 괴로워하는 셋째의 마음도 지옥일 테니까.

처음 넷째를 보았을 때 그에게서 느껴지는 흑도의 기운은 다행히도 그가 모시던 시종에게서 묻은 기운이었다.

그래서 그 기운이 상당히 희미했던 것.

이제 그 옆에 흑도의 인물이 없으니, 그 기운은 사라질 거다.

.
.
.

다음 날, 호남성 포정사는 다시 호남성으로 돌아갔다. 그 자리가 자리인 만큼 길게 머물 순 없으니까.

그리고 나 역시 돌아갈 준비를 했다.

귀주성 포정사는 내게 감사를 표하며 전표를 건넸다.

눈을 가지고 온 것을 비롯해 여러 가지 감사의 표시가 더해진 금액이라 상당한 액수였다.

나는 내 처소에서 그 전표를 꺼내 보고는 미소를 지었다.

이걸 보니 그동안의 수고가 헛되지 않은 것 같아서 뿌듯했다.

봉투 안에는 다른 봉투 하나가 더 들어 있었다.

"……."

그때 팔갑이 내 처소에 들어오며 물었다.

"왜 그런 표정을 짓고 계십니까요?"

"내 표정이 왜?"

"전표를 보면서 웃으셔야 하는 거 아닙니까요? 그런데 왜 그렇게 떨떠름하신지 모르겠습니다요."

"그냥, 전표가 무겁게 느껴져서."

내 말에 팔갑은 고개를 갸웃했다.

"아! 의관을 정제하는 거 도와드리겠습니다요."

"응? 갑자기?"

"방금 동 소저께서 시녀를 보내셨습니다요. 차 한잔하자고 하십니다요."

잠시 후.

나는 내당 안으로 들어갔다.

다른 외부인들은 들어가는 것이 정말 어려운 곳이 내당인데…… 나는 참 쉽게 들어가네.

나는 내당에 위치한 접빈실로 안내되었다.

그곳은 일가친척들이 방문했을 때를 위해 만들어진 곳.

접빈실에서 다과를 먹고 있자니, 곧 자령 소저가 안으로 들어왔다.

이번에는 의륜의가 아닌, 두 발로 걸어서 들어왔다.

혈색 역시 이전과는 확연히 달랐다.

건강해진 모습.

백발화의의 말에 의하면 해독은 완전히 끝났고, 체력도 어느 정도 올라왔다고 했다.

"내일 북경으로 가신다고 들었어요."

"네. 그렇습니다."

"우선, 감사하다는 말씀을 드리고 싶었어요. 이것저것 참 감사한 것이 많네요."

"저는 그저 대가를 받고 한 일입니다. 그러니 너무 그러시면 제가 부담스럽습니다."

"그런가요?"

그녀는 미소 지었다.

"……."

순간 나도 모르게 멍한 표정을 지었다. 마음에서 진정으로 우러나는 미소다.

이러니 모두가 자령 소저를 아끼는 거다.

"저…… 아버지께 말씀 들었어요. 제가 중독되었고…… 그들이 그랬다고요. 그리고 앞으로의 일도요."

아, 귀주성 포정사가 자령 소저에게 자초지종을 이야기했구나.

하긴, 앞으로 그녀는 공식적으로 죽은 사람으로 살아야

하는 만큼 자초지종을 설명하지 않을 수는 없었을 것이다.
"각오는 되셨습니까?"
"네."
그녀는 고개를 끄덕였다.
일말의 불안도 없이 맑고 희망에 찬 눈.
그만큼 나를 믿는 건 아닐 테고…… 혹시?
지금이 말할 때구나.
우선 나는 주변을 살폈다. 그 누구도 우리의 대화를 엿듣는 자들이 없었다.
하지만 혹시 모르는 일이니만큼, 주변을 기막으로 둘렀다.
그러곤 그녀에게 직설적으로 물었다.
"소저께서는 앞날을 보시죠?"
"……!"
내 물음에 그녀는 깜짝 놀라 나를 보았다.
"네? 그, 그게 무슨……."
"사실 이전에는 눈치채지 못했습니다만, 최근에 소저의 병세에 대한 대인의 반응이라든지 이것저것을 본 덕분에 확신하게 되었습니다."
"……그러셨군요."
그녀는 더 이상 나를 속일 수 없음을 깨달았는지 순순히 고개를 끄덕였다.
"그리고 저들이 소저를 죽이려는 이유는, 바로 그것 때문입니다."

"……."

그녀는 입술을 깨물었다. 그리고 고개를 들며 말했다.

"제 능력이 저들에게 위협으로 느껴졌다는 거군요."

"맞습니다. 솔직히 소저의 능력은 누구나 탐낼 만한 능력입니다. 하지만 그걸 위협적으로 느꼈다는 점에서 저들의 행보가 우려스럽습니다."

"……."

잠시 생각하던 그녀가 고개를 끄덕였다.

"솔직히 저는 제가 죽은 척해야 한다는 것에 대해 의문을 가지고 있었어요. 꼭 그렇게 해야 하는지 말이에요. 하지만 그것밖에 방법이 없네요."

나는 그녀에게 물었다.

"이에 대해서는 보지 못하셨던 겁니까?"

"제가 보고 싶을 때 볼 수 있는 것도 아니고, 보고 싶은 장면을 볼 수 있는 것도 아니라서요."

"그렇군요."

"그런데 그거 아세요?"

"무엇을 말씀입니까?"

"어느 순간부터 제가 보는 미래가 조금씩 바뀌더라고요. 대략 오 년 전 초겨울쯤부터였어요."

"……!"

그 말에 나는 속으로 뜨끔했다.

그녀가 말한 시기라면 내가 과거로 돌아온 때와 거의

일치했기 때문이다.

"그렇…… 군요. 어떻게 바뀌었습니까?"

"더 나은 모습으로요."

그렇다면 다행이다.

최소한 내가 돌아와 바꾼 것들 때문에 이 세상이 나빠지지는 않았다는 거니까.

내 목표도 중요하지만, 그로 인해 세상이 나빠지는 것도 달갑지는 않다.

"그리고 제 바뀐 미래에, 소단주님이 보이더라고요."

"그렇…… 습니까?"

"그래서 말인데…… 소단주님도 제 능력이 탐나시나요?"

나는 피식 웃으며 고개를 끄덕였다.

"솔직히 탐이 납니다. 하지만 그것뿐입니다."

"어째서죠?"

"미래를 안다는 건, 그만큼 신경 쓸 일이 많아진다는 것이기 때문입니다. 또한, 미래는 바뀌기 마련입니다. 바뀔 미래로 인해 괜히 신경 쓰고 싶지 않습니다."

"재밌는 분이네요."

"그런 소리 종종 듣습니다."

"그러면 궁금한 게 있어요. 제 능력이 필요하지 않으신데, 왜 저를 위해 그 고생을 하시나요?"

"그건 오해입니다."

"네?"

나는 단호하게 말했다.

"이건 소저를 위해서가 아니라 저를 위해서입니다. 저는 상인이고, 이 일을 해결하면 제게 이득이 되기 때문입니다."

"이득…… 이요?"

"돈 말입니다. 소저의 아버지께서 제게 돈을 좀 많이 주셨거든요."

내 말에 그녀는 황당하다는 표정을 지었다가, 이내 웃음을 터뜨렸다.

음, 내가 그렇게 재밌나?

* * *

그 시각.

귀주성 승선포정사사의 사택에 도착한 이들이 있었다.

포정사의 다른 아들들.

"자령아!"

"이 오라비가 왔다!"

그들은 아버지와 어머니께는 인사를 하는 둥 마는 둥 하고는 동자령의 처소로 달려갔다.

하지만 그녀의 처소에는 그녀가 없었다.

"아! 오셨습니까?"

시녀가 얼른 고개를 숙여 인사했다.

"자령이는 어디 있느냐?"

"지금 손님과 접빈실에서 대화 중이십니다."

"손님?"

그들은 고개를 갸웃했고 곧 접빈실로 향했다. 그때 접빈실에서 동자령과 한 청년이 나왔다.

그들 모두가 순간적으로 멍해질 만큼 잘생긴 미청년이었다.

"그럼, 이만 가 보겠습니다. 몸조리 잘 하십시오."

"즐거운 시간이었습니다. 살펴 가세요."

그리 인사하는 동자령은 가식 없는 미소를 띠고 있었다. 그 청년은 내당을 나섰고, 동자령은 그런 그의 뒷모습을 바라보았다.

이를 본 네 명의 오라버니들의 눈이 가늘어졌다.

"막내야."

"네."

"저 녀석, 누구냐?"

"저도 잘 모르겠습니다. 잘생기긴 엄청 잘생겼네요."

그때 그들이 도착했다는 소식을 들은 것인지, 동항수가 그들에게 다가왔다.

"오셨수?"

"그래. 항수야. 아! 너라면 알겠구나! 저 녀석 누구냐?"

"아! 저분 말씀입니까?"

"저분?"

"네. 은서호라고 은해상단의 소단주입니다."

그 말에 한 형제가 말했다.

"들어 본 적이 있습니다. 그 작풍기를 판매하는 곳이

은해상단 아닙니까?"

"그랬나? 그래도 상인 아니냐?"

그들 역시 관리였기에 상인들에 대한 인식이 그리 좋지 않았다.

하지만 동항수가 그런 그들에게 경고했다.

"상인이라고 업신여기지 마십시오. 저분은 정말 대단하신 분입니다. 혹여나 무례한 언사는 삼가십시오."

이에 그들은 고개를 갸웃했다.

그들은 동항수가 평소 다른 높은 사람을 만나도 심드렁하다는 것을 알고 있었다.

그런 그가 저렇게 극찬할 정도라면 보통 인물이 아니라는 의미다.

"그런데 그런 자가 왜 자령이와 접빈실에서 시간을 보낸 거지?"

"게다가 자령이가 미소를 짓다니!"

"자령이가 다른 남자를 보고 웃다니! 이는 보통 일이 아니다!"

그들의 반응에 동항수는 한숨을 내쉬었다.

"그야 저분이 자령이를 살려 주신 분이니까요."

"저자가?"

"네. 그러니까 나중에 만나면 감사의 인사 깍듯하게 하십시오."

"험험, 알았다."

동항수의 으름장에 그들은 고개를 끄덕였다.

"그보다 지금 자령이가 두 발로 걷고 있는 거 안 보이십니까? 그게 더 중요한 거 아닙니까?"

"아!"

"그, 그렇구나!"

그제야 중요한 사실을 깨달은 그들은 동자령에게 달려갔다.

"자령아!"

"어머! 오라버니들?"

"흑! 우리 자령이가 두 발로 걷고 있어!"

"이 얼마나 감격스러운 일이냐?"

그런 오라버니들을 보며 동자령이 가볍게 고개를 숙였다.

"오라버니들께 걱정 끼쳐 드려서 송구합니다."

"아니다. 네가 이렇게 다시 건강해진 것만으로 기쁘구나. 흐으윽!"

"그럼 그럼!"

"다시는 아프지 말거라."

거의 통곡하다시피 하는 오라버니들을 달래며 동자령은 그들에게 미안한 마음이 들었다.

자신이 죽었다는 말을 들었을 때 오라버니들이 얼마나 상심할지 너무나도 잘 알고 있었으니까.

'죄송해요. 오라버니들.'

하지만 자신이 진짜 죽으면 영영 작별이다.

이를 피하기 위한 잠시 동안의 작별이니까.

그녀는 은서호를 떠올렸다.

왜 자신을 위해서 그런 고생을 하느냐는 물음에 당당하게 이득을 위해 그리한다는 말.

당황했지만, 오히려 그래서 더욱 믿을 수 있었다.

'그리고 내가 본 미래라면, 이번 겨울에 나는 북경에 있으니까.'

* * *

다음 날 아침.

나는 새벽같이 출발했다.

간밤에 팔갑이 자령 소저의 오라버니들이 도착했다는 소식을 전해 왔기 때문이다.

내가 자령 소저를 만나고 돌아가는 길에 본 이들이 오라버니들이었구나.

동항수 공자가 잘 말해 주겠다고 했지만, 나와 단둘이 이야기를 나눈 것을 본 상황이다.

괜히 골치 아파질 수 있으니 서둘러 떠나는 것이 상책이다.

그렇게 사택을 떠난 우리는 곧바로 북경으로 향하지 않았다.

우리가 향한 곳은 귀주성 포정사의 본가가 있는 곳이다.

그 본가 옆에는 산 하나가 있었는데, 우리는 그 산으로 들어갔다.
 그리고 때를 기다렸다.

 그곳에서 며칠이나 있었을까?
 식량을 사러 마을에 갔던 팔갑이 돌아와 나에게 소식을 전해주었다.
 "도련님! 지금 저잣거리에 소문이 파다합니다요."
 "무슨 소문인데?"
 내 물음에 팔갑이 웃으며 말했다.
 "동씨 가문의 고명딸이 죽었다고 합니다요."
 "그래?"
 물론 웃으며 말할 이야기가 아니긴 했지만, 팔갑도 알고 있다.
 그 죽음은, 거짓 죽음이라는 것을.
 그리고 우리의 작전이 잘 진행되고 있다는 뜻이니까.
 "길을 걷다가 갑자기 쥐가 튀어나오는 바람에 놀라서 넘어졌는데, 하필이면 정원석에 머리를 부딪치는 바람에 급사했다고 합니다요."
 그 누구에게도 책임을 물을 수 없도록, 셋이서 열심히 의논한 거다.
 "그래서 그 집에서 돼지를 사러 왔다고 합니다요."
 이곳은 장례식도 혼인처럼 화려하게 지내는 풍습이 있었으니까. 그리고 돼지를 잡아서 그 고기를 나누어 먹으면서 슬픔을 나눈다.

"그래서 장례는 언제 시작한대?"
"이틀 후입니다요."
이제 움직일 때가 되었다.
나는 호위무사들을 둘러보며 말했다.
"이번 일은 비밀입니다. 아시죠?"
"물론입니다."
서우 무사의 말에 모두 고개를 끄덕였다. 그리고 명종 무사와 창운 무사도 고개를 끄덕였다.
"제 목숨을 걸고 맹세하겠습니다."
아니, 그럴 필요까지는 없는데…….
뭐, 그만큼 확실하게 비밀을 지키겠다는 의미겠지.

장례식이 이틀 후라는 건 자령 소저의 시신이 내일 즈음 도착한다는 거다.
고인의 시신이 병풍 뒤에 놓이고서야 비로소 장례식이 시작되니까.
그러니까 오늘 밤, 몰래 숨어 들어가야 한다는 거다.
이번에는 누군가에게 들키면 안 되는 일이기에 나와 서우 무사만 움직이기로 했다.
무공이 고강할수록 들킬 위험성이 적어지니까.

깊은 밤이 되어 주변이 깜깜해졌을 때.
나와 서우 무사는 동씨 가문의 본가로 향했다.
과연 황족의 방계답게 저택의 규모가 상당했다.

사사삭.

우리는 담을 넘어 안으로 들어갔다. 그리고 귀주성 포정사가 말한 장소로 향했다.

자령 소저의 시신이 안치될 방이다.

그곳에 당도한 우리는 방 위쪽에 있는 작은 문을 발견했다.

우리가 이곳에 숨어들어온 이유는 무림맹에서 자령 소저의 사망을 확인하는 것을 직접 확인하기 위해서이다.

그리고 이에 대해 포정사와 의논했고, 그가 적당한 장소를 말해 주었다.

"자령이의 시신…… 이렇게 말하니까 이상하군. 아무튼, 관을 임시로 놓을 방에 보면 천장 쪽에 작은 문이 있네. 창고로 쓰기 위해 만들어 놓은 건데 그곳이라면 아래가 훤히 내려다보일 거네."

저 문이 바로 그 문인 거다.

사다리 없이는 올라가기 힘들 정도의 높이였지만, 우리에게는 어렵지 않다.

탓-!

가볍게 뛰어올라 벽에 붙은 후 문을 열고 그 안으로 들어갔다.

우리는 밖을 확인하기 위한 아주 작은 틈만 남겨 두고 문을 닫았다.

포정사의 말대로 내부는 제법 넓었다.
하지만 오랫동안 쓰이지 않았는지 먼지가 많이 쌓여 있었다.
그래도 대들보나 서까래에 사흘 내내 매달려 있는 것보다는 훨씬 낫다.
그리고 먼지라면 방법이 있지.
우우웅.
나는 내공을 끌어 올려 먼지를 모아 한구석에 치워 버렸다.
이제야 좀 쾌적해졌군.
그리고 동시에 인내의 시간이 시작되었다.

드르륵.
다음 날, 방문이 열리며 사람들이 들어왔다.
그들은 넓은 상 위에 천을 깔고는, 그 위에 관을 올려놓았다.
"고인의 상태를 확인해 보아라."
"네."
그들은 관을 열었다.
그 안에 자령 소저가 들어 있었는데, 진짜 죽은 사람 같았다.
혹시나 싶어 사람들이 알아차리지 못할 정도의 내공만을 사용하여 조심스레 그녀의 기운을 살펴보았다.
아주 희미하게 심장이 뛰고 있는 것을 보니 확실히 살

아 있었다.

백발화의의 솜씨가 아주 대단하네.

그나저나 미리 이곳에 숨어들어오길 잘했다. 방금 들어온 이들 중에서 흑도의 기운이 느껴지는 이가 있었기 때문이다.

관을 놓고 나가려고 사람들이 분주하게 움직이던 중, 그는 몰래 품에서 바늘을 꺼냈다.

어? 저 자식이?

그와 동시에 근처에서 누군가의 기운이 움찔하는 것을 느꼈다.

진유 무사의 기운이다.

자령 소저의 안전과, 혹시 누군가 소저에게 접근하여 사망을 확인하는지를 보기 위해 그를 승선포정사사에 남겨 두고 왔었다.

하여 자령 소저를 따라온 것이다.

나는 얼른 전음을 보냈다.

- 그냥 보고 계세요.

내가 그리 말한 건 그 바늘에서 독의 기운이 느껴지지 않았기 때문이다.

뭐, 독의 기운이 느껴진다고 해도 시간만 오래 지나지 않는다면 내가 해독할 수 있으니까.

맥이라도 짚어 볼 줄 알았는데, 이런 방법을 쓸 줄이야.

하긴, 진짜 죽은 것인지 확인하기 위해서는 저게 가장 확실한 방법일 수도 있다.

그리고 그 기회 역시 지금밖에 없겠지.

그는 바늘로 자령 소저의 다리 쪽을 찔렀다.

하지만 그녀는 미동도 없었다.

게다가 피가 흐르는 것도 거의 없었고, 흐르는 약간의 피도 죽은 피였다.

그녀의 몸에 되도록 상처가 남지 않으면 좋겠지만, 어쩔 수 없이 감수해야 하는 거다.

그는 그런 반응들을 확인하고는 옷소매로 피를 슥 닦고 바늘을 다시 품에 넣었다.

모두 순식간에 벌어진 일.

나는 그자의 얼굴을 똑똑히 기억해 놨다.

지금은 비록 이를 두고 볼 수밖에 없지만, 그가 상부에 보고한 후에는…… 죽었다고 복창해라.

나는 진유 무사에게 전음을 보냈다.

- 추가 명령을 내리겠습니다. 저자를 감시하세요.
- 명을 받듭니다.

그 후로 사흘이 지났다.

그동안 밖에서 통곡하는 소리가 들려왔지만, 다시 자령 소저의 시신을 확인하기 위해서 온 자는 없었다.

드르륵.

문이 열리며 한 무리가 들어오더니, 자령 소저의 시신을 염하고 관의 뚜껑을 덮었다.

그리고 관을 들고 나갔다.

이제 다시 움직일 때가 되었다.

모두가 나간 틈을 타서 나와 서우 무사 역시 우리가 있던 곳에서 나왔다.

그리고 포정사가 알려 준 동굴로 빠르게 향했다.

동씨 가문의 본가가 있는 곳은, 동장(洞葬)이라고 해서 동굴 안에 시신이 들어 있는 관을 놔두는 장례 풍습이 있다.

습한 곳이니만큼 통풍이 잘되는 동굴에 시신을 두는 것이 가장 좋은 방법이었기 때문이다.

내가 이번 계획을 세운 건 그 풍습 덕분이기도 하다.

동굴은 꽤 가파른 산길에 위치해 있었지만, 우리는 어렵지 않게 동굴에 들어갈 수 있었다.

그곳에서 잠시 기다리자, 곧 떠들썩한 소리와 함께 사람들이 다가오는 소리가 들렸다.

관을 멘 이들이 들어왔고, 한쪽에 관을 놓았다.

그들은 주변에 술을 뿌리며 촛불을 켜고 축문을 외웠는데, 그들 사이에 자령 소저에게 바늘을 찔렀던 자가 보였다.

그 말은 이 근처에 진유 무사가…….

아, 있군.

- 혹시 보고할 일 있습니까?

- 네. 저자가 어딘가에 전서를 보내는 것을 확인했습니다.

- 상부에 보고했군요.

- 맞습니다.

응?

- 제가 중간에 전서를 가로채서, 내용을 확인하니 동 소저의 죽음을 확인했고 틀림없이 죽었다고 적혀 있었습니다.

- 그걸 확인했다고요?

- 예, 일전에 임도라는 자가 서신을 보낸 것과 같은 방법을 사용하고 있었습니다. 그래서 확인할 수 있었습니다.

아…… 그 나무에 서신을 숨겨 놓고 새를 통해 상부에 옮기는 방법을 뜻하는 거구나.

- 하지만 어디로 서신을 보냈는지까지는 확인하지 못했습니다. 송구합니다.

- 그 서신은 무사히 위쪽으로 전해져야 해요. 그래야 이번 작전이 반은 성공했다고 할 수 있죠. 고생 많으셨습니다. 오늘 술시(19~21시)에 약속 장소로 오세요. 진유무사가 오자마자 출발하겠습니다.

그 사이 축문을 외우는 등의 일을 마친 이들이 동굴에서 나가기 시작했다.

자령 소저의 오라버니들은 하나같이 넋이 나간 표정이었다.

그리고 소저의 어머니는 슬픔에 몸을 가누지 못하고 있었고, 포정사는 비통에 찬 모습이었다.

물론 포정사의 비통함은 자령 소저가 죽었다는 것 때문이 아니라, 멀쩡한 딸을 죽은 사람으로 만들어야 한다는 것 때문이겠지.

무림맹에 대한 그 분노와 원한은 내게 큰 도움이 된다.

그런 말이 있잖아.

적의 적은 아군이라고.

하지만 그와 별개로 그 모습을 보는 내 마음은 아팠고, 또 너무나도 무겁게 느껴졌다.

그 분노, 반드시 제가 풀어 드리겠습니다.

그들이 돌아가고 두 시진 후.

그 누구의 기척도 느껴지지 않자, 나는 관을 열고 자령 소저를 염한 것을 비수로 끊어 버리고 그녀를 꺼냈다.

그리고 주변을 둘러보자, 다른 유골들이 차곡차곡 쌓여 있었다.

관에 넣어 이곳에 놓아둔 유골이 바짝 마르면 꺼내서 옆에 쌓아 놓는 거다.

그렇게 하지 않으면 이 동굴은 포화상태가 될 테니까.

나는 우선 그들에게 고개를 숙였다.

죄송합니다.

하지만 자손을 살리는 일이니 협조 부탁드립니다.

이제 적당한 유골을 자령 소저 대신 관에 넣어야 하는데…….

달그락.

내 말에 대답이라도 하는 듯, 옆에 쌓여 있던 유골 중 한 구의 해골이 굴렀고 튕겨 관 안으로 들어갔다.

앞으로 내가 할 일에 대해 허락하시는 거겠지?

나는 그 해골의 유골을 관에 넣어 놓은 후 그곳에 추가로 독주를 뿌린 후 불을 댕겼다.

화르륵!

독주를 뿌린 만큼 불이 활활 타올랐다.

이것으로 증거 인멸이다.

"갑시다!"

"네."

나는 자령 소저를 안고 그곳을 빠져나왔다. 그리고 팔갑과 일행이 기다리고 있는 곳으로 향했다.

"도련님!"

내가 올 것을 어떻게 알았는지 팔갑이 나를 기다리고 있었다.

"여깁니다요!"

마차의 문을 열자, 그 안에는 한 여인이 타고 있었다.

그녀는 동씨 가문 본가의 하녀.

일전에 자령 소저 덕분에 목숨을 구원받은 인물.

본가에서 귀한 패물이 사라졌고, 그걸 훔친 도둑으로 몰린 적이 있었다고 한다.

그때 자령 소저가 잃어버린 패물을 찾아 줘서 무죄를 인정받을 수 있었다.

하여 이번 일에 그녀에게 도움을 구했고, 그녀는 흔쾌히 수락했다.

시녀에게 이번 일에 도움을 받는 것이 가장 좋은 일이었지만, 그건 여러모로 눈에 띄는 일이었다.

시녀는 평소 그 주인과 거의 붙어 다니는 이들이니까.

하지만 하녀들은 존재감이 없었으니, 적당한 인선인 것이다.

이렇게 하녀를 따로 구한 것은 그녀를 돌봐 주고, 옷을 갈아입힐 사람이 필요했기 때문이다.

우리 일행은 모두 남자니까.

게다가 시신에게 입히는 옷을 입고 북경까지 갈 수는 없는 노릇이다. 가는 도중에 객잔에도 들러야 하니.

"에그머니나!"

내가 그녀를 안고 마차에 오르자 그 하녀는 깜짝 놀랐다.

"아가씨!"

나는 차분한 목소리로 그녀를 진정시켰다.

"놀라지 마십시오. 지금은 죽은 것으로 보이지만, 이틀 정도만 지나면 눈을 뜰 것입니다."

"저, 정말인가요?"

"네."

나는 고개를 끄덕였다.

"그러니 준비한 옷으로 갈아입혀 주세요."

"알겠습니다."

"제 시종에게 앞으로의 일에 대해 들으셨으리라 생각합니다."

그녀는 고개를 끄덕였다.

"앞으로 자령 소저의 원래 신분에 대해서는 절대 발설하시면 안 됩니다.

"그것도 들었어요. 아가씨의 목숨을 지키기 위해서라고요."

"그렇습니다. 하지만 언젠가 소저는 자신의 신분을 되찾을 수 있을 겁니다. 제가 약속드리지요."

이건 나 스스로에게 하는 약속이다.

자령 소저가 자신의 신분을 되찾는다는 건 즉, 무림맹이 더 이상 그녀의 목숨을 노릴 수 없게 된다는 의미니까.

마침 진유 무사도 합류했고, 우리는 곧바로 출발했다.

우리는 올 때와 반대로 강을 타고 빠르게 북경으로 향했다.

.
.
.

그렇게 열흘 정도가 지났고, 우리는 여전히 배를 타고 있었다.

"뱃멀미는 괜찮으십니까?"

내 물음에 자령 소저는 고개를 끄덕였다.

"네."

"의외군요. 뱃멀미를 하실 줄 알았는데."

내 말에 그녀는 웃었다.

"저도 제가 뱃멀미를 안 할 줄은 몰랐어요."

그녀를 관에서 빼 온 그날로부터 이틀 후, 백발화의의 말대로 그녀는 눈을 떴다.

그러고는 곧바로 피를 토했다.

몸에 고여 있던 죽은 피를 뱉어낸 것이다.

그러자 피가 다시 돌기 시작한 것인지, 그녀의 몸에 생기가 돌기 시작했고 지금은 아주 정상적으로 움직이고 있었다.

백발화의님. 진짜 대단하시네요.

"이제 슬슬 제남에 도착할 겁니다."

우리는 최대한 무림맹의 눈을 피하기 위해 제남에서 내려서 북경으로 갈 예정이다.

"추우시죠?"

내 말에 그녀는 고개를 저었다.

"괜찮아요. 추워진다는 건 이제 진짜 눈을 볼 수 있다는 의미잖아요."

"하긴 그렇군요. 소저께서는 눈을 보고 싶어하셨으니까요."

"저…… 이제 저는 어디서 지내게 되나요?"

"소저가 조용히 머물 만한 집을 마련해 드릴 겁니다. 그곳에서 다른 이름과 다른 신분으로 사시게 될 겁니다."

그녀에게 줄 새로운 신분은 금령을 통해 서신으로 사부님께 미리 협조를 부탁드렸다.

현재 사부님은 다른 이들에게 곽훈 대협의 자손으로 알려져 있다.

그리고 곽훈 대협의 자손이 숨어 산 덕분에 사람들도 그에 대해 기억하지 못하고 있으니 딱 적당하다.

그러면서 함부로 건드리지 못하는 위치니까.

다행히 사부님께서도 흔쾌히 허락하셨고.

"저…… 부탁드릴 것이 있어요."

"무엇입니까?"

"폐가 되지 않는다면, 제가 상단의 일을 좀 도와드려도 될까요?"

"네?"

"사실…… 아버지의 일을 돕기 위해서 이것저것 배웠거든요."

이건 전혀 예상치 못한 부분인데.

나는 그녀의 실력을 알아보기로 했다.

"산술 하실 수 있으십니까?"

"네."

"혹시 사서삼경도 배우셨습니까?"

"네. 다 배웠어요. 그리고……."

그녀는 자신이 배운 서책들에 대해 설명했다.

나는 그녀의 말에 살짝 놀랄 수밖에 없었다.

이 정도면 당장 과거를 쳐도 될 정도인데?

아직 열아홉 살밖에 안 되었는데, 그걸 다 익혔다고?

그리고 보니…… 자령 소저의 아버지가 장원급제를 하

신 분이지.

아버지와 어머니에게 좋은 것만 물려받았구나.

나는 시험 삼아 하나의 문제를 내 보았는데, 그녀는 잠시 생각하더니 정답을 말했다.

원래 그녀의 미래를 보는 능력에만 주목했는데, 그게 아니더라도 그녀는 뛰어난 인재였다.

나는 미소를 지었다.

"그럼 제 부관으로 일하시겠습니까? 마침 부관이 필요하던 참이었거든요."

80장. 일어날 일

일어날 일

우리는 은해상단의 북경지부에 도착했다.
"오셨습니까?"
"네. 잘 계셨죠?"
"물론입니다."
나는 팔갑에게 자령 소저와 하녀가 임시로 머물 처소를 안내해 주라고 한 후 내 방으로 향했다.
그리고 아버지에게 보내는 서신을 썼다.
"금령아."
내 소매를 툭 치자, 금령이 옷소매에서 나오며 꾸이거렸다.
"이거 아버지께 보내는 서신이야."
내 말에 금령은 자신의 꼬리를 살랑거렸다. 나는 꼬리에 서신을 단단히 매어 주었다.

"그럼, 다녀와."
"꾸잇!"
금령은 쏜살같이 튀어 나갔다.
나는 의관을 정제하고 현풍국에 있는 내 집무실로 향했다.
내가 집무실 서탁 앞에 앉자마자, 밖에서 창운 무사의 목소리가 들렸다.
"주군, 여창의 부국주 오셨습니다."
"들어오세요."
내 대답에 문이 열리고 여창의 부국주가 들어왔다. 전에 부국주가 된 그는 나를 대신하여 현풍국을 운영하고 있었다.
"드디어 오셨군요!"
그는 핼쑥해진 얼굴로 반갑게 외쳤다.
"아, 네. 생각보다 좀 오래 걸렸습니다. 죄송합니다."
"아닙니다. 지금은 그것보다 이게 더 급합니다."
쿵!
그는 내 서탁 위에 서류 한 뭉텅이를 내려놓았다.
바, 방금 이 소리 뭐야?
쿵이라니! 이게 종이 뭉치에서 날 수 있는 소리였나?
그리고 여창의 부국주는 비장하게 외쳤다.
"그동안 밀린 서류들입니다. 결재 부탁드립니다."
"……."
아…… 돌아오자마자 일이네.

그때 문득 자령 소저가 생각났다.

그래, 이렇게 된 거 그녀의 실력을 시험해 보는 것도 나쁘지 않겠군.

잠시 후.
자령 소저가 내 집무실 안으로 들어왔다.
"부르셨나요?"
"네. 우선 여기 앉으십시오."
나는 그녀를 내 옆에 마련된 서탁 앞에 앉혔다.
"그리고 이 서류들을 보시면······."
나는 그녀에게 서류를 보여 주면서 일을 처리하는 방법에 대해 알려 주었다.
"이렇게 하시면 됩니다. 하실 수 있으시겠습니까?"
"네. 생각보다 쉽네요."
······네?
이거 처음 접하는 사람들은 제법 어려워하는 건데 쉽다니······.
곧 그녀는 일을 처리하기 시작했는데, 생각보다 빠른 속도로 서류를 처리했다.
와······ 이 속도 뭐지? 게다가 정확도까지!
그녀를 바라보는 내 눈에서 꿀이 뚝뚝 떨어졌다.
그렇게 내가 예상했던 시간보다 훨씬 빠르게 모든 서류를 처리할 수 있었다.
나에게는 그녀가 미래를 본다는 것보다 이 서류를 처리

하는 속도가 더 탐이 난다.

이런 인재를 놓칠 수는 없지.

새삼 유소악 내총관이 나를 놔주지 않으려고 했던 그 마음이 이해되었다.

"소저!"

"네?"

"우리 정식으로 계약합시다. 봉급은 매월 은자 일곱 냥을 드리겠습니다."

은자 일곱 냥은 우리 상단에서도 경력과 직급을 모두 갖춘 이들이나 받을 수 있는 금액이다.

하지만 나는 더 많은 월봉을 주고서라도 그녀를 고용할 용의가 있다.

나중에 포정사가 이 사실을 알면 탐탁지 않아 할 수도 있다.

하지만 내게는 타당한 이유가 있다.

그녀는 신분을 완전히 속여야 하는데, 그 누구도 고관대작의 고명딸이 내 부관으로 일할 거라고는 생각하지 못할 테니까.

즉, 맹점을 노리는 거다.

내 제안에 그녀가 눈을 동그랗게 뜨며 말했다.

"네? 저는 돈을 받을 생각은 안 했는데요? 생활비는 아버지께서 주시니까요."

그녀는 말을 이었다.

"그냥 은혜를 갚고 싶어서 그리 제안한 것이었어요."

"안 됩니다. 저는 절대 공짜로 누군가에게 일을 시키지 않습니다. 그건 제 개인적인 신념에 위배되는 것입니다. 누구든 노동에 대한 정당한 대가를 받아야 합니다."

내 말에 소저는 고개를 끄덕였다.

"그게 편하시다면 그렇게 할게요. 그럼 제가 직접 돈을 벌 수 있다는 거네요."

그녀는 배시시 웃었다.

"제가 직접 돈을 버는 건 처음이에요."

하긴, 어느 고관대작의 여식이 직접 돈을 버는 일에 뛰어들겠는가?

그렇게 나와 자령 소저는 정식으로 고용 계약을 맺었다.

"그런데, 이름은 뭐라고 적을까요?"

이제 동자령이라는 이름을 쓸 수는 없으니까. 물론 그 이름을 그대로 써서 무림맹의 허를 찌를 수도 있다.

하지만 괜히 시선을 끄는 것보다는 아예 의심조차 받지 않는 게 낫다.

"그럼 서향(瑞香)이요."

"바로 말씀하시는 걸 보니 의미가 있나 보군요."

그녀는 웃으며 고개를 끄덕였다.

"아버지께서 서향나무 꽃을 보고, 제 이름을 지으신 거라서요. 서향나무의 보라색 방울 같은 꽃처럼 향기로운 사람이 되라고요."

"그렇군요."

"그래서 언젠가는 서향이라는 이름을 제 외호 삼고 싶

었어요. 그런데 본의 아니게 제 바람대로 되었네요."
그렇게 그녀의 이름은 곽서향이 되었다.

다음 날.
아버지에게 서신이 왔다.
잘 다녀왔다니 다행이고, 동자령 아니 곽서향 소저의 처소를 북경이 아닌 호북으로 하는 게 좋지 않겠느냐는 내용이다.
내가 봐도 그게 맞는 듯하다.
북경보다는 그곳이 나나 사부님의 영향력이 강하게 미치는 곳이니까.
일단 여기서는 빈방을 임시 처소로 쓰게 하면 되겠지.
서신은 불에 태웠다. 혹시라도 누군가 이 서신을 본다면 곤란하니까.
그리고 자리에서 일어나자 서탁 위에 있던 금령이 앞발로 서탁을 탁탁 치면서 항의했다.
"꾸이! 꾸이!"
"아! 미안."
은자를 주는 것을 깜빡했군.
나는 주머니에서 은자를 꺼내어 금령에게 내밀었고, 금령은 은자를 날름 삼켰다.
그런데 그렇게 많은 은자를 먹으며 온갖 능력이 생겼지만, 덩치는 처음 봤을 때와 달라지지 않았다.
하긴, 좀 더 커지면 내 소매 안에서 살기 힘들게 되겠지.

그렇게 되면 분명 내 어깨에 앉아 있으려 할 텐데…….

그 모습을 상상하던 나는 얼른 고개를 저었다.

"아! 맞다! 오자마자 미안한데 서신 심부름 하나 더 해야겠다."

"꾸이? 꾸이꾸이!"

"응? 돈만 주면 괜찮다고? 어…… 그래."

나는 서신을 작성해서 금령의 꼬리에 묶었다. 사부님께 보내는 서신이다.

자령 소저의 가명을 곽서향으로 한다는 내용이다.

사부님께서 미리 아셔야 입을 맞출 수 있으니까.

"부탁해."

그렇게 금령에게 서신 심부름을 시킨 후 운기조식을 했다.

그리고 수련을 마친 후 아침을 먹었다.

그러곤 내 처소로 돌아와 이필 무사에게 서신을 주며 진영 대협에게 전할 것을 부탁했다.

내가 돌아왔다는 내용이 담긴 서신이다.

전에 진영 대협이 나에게 '황제 폐하께서 긴히 의논하실 것이 있다'라고 하셨는데 이렇게 돌아와서 아무 말도 하지 않는 건 좀 그렇잖아.

물론 내가 서신을 보내지 않아도 돌아왔다는 건 알고 계실 거다.

하지만 예의라는 게 있잖아.

"명을 받듭니다."

"그리고 돌아오면 좀 쉬고 계세요."
"네."
이필 무사가 서신을 받아 내 방에서 나갔고, 나는 팔갑에게 말했다.
"그럼 우린 나갈 채비 하자."
"알겠습니다요."
"오늘은…… 좀 멋지게 입어 보자."
"멋지게 차려입고 어딜 가시려고 합니까요?"
"아, 건물들을 좀 사야 할 일이 있어서."

* * *

그 시각.
은서호의 집무실에서 일을 하던 곽서향의 눈앞에 하나의 장면이 스쳐 지나갔다.
그건…….
여러 채의 저택들이 무너지는 장면이었다.
"안 돼!"
그녀는 놀라 그 자리에서 벌떡 일어났다.
"어? 이건……."
그녀는 고개를 갸웃했다. 분명 이 장면을 본 적이 있었다.
여러 저택들이 무너지면서 수많은 이들이 죽거나 다치는 모습에 마음이 아팠었다.

그래서 아버지에게 부탁했었다.

북경 공부에 가시는 김에 건물들을 좀 살펴줄 것을 공부의 관리들에게 부탁해 달라고.

하지만 또다시 이렇게 같은 미래가 보인다는 건 그 미래가 바뀌지 않았다는 거다.

'일어날 일은 일어난다는 건가?'

그런데······.

이번에는 그때 봤던 것과 좀 다른 것이 보였다. 그것은 무너지는 건물들을 보며 혀를 차는 은서호의 모습이었다.

그러나 그것도 잠시, 은서호는 씨익 웃었다.

그 웃음에 곽서향의 마음은 이내 편해졌다.

* * *

나는 북경의 제법 큰 기와집 앞에 섰다.

"계십니까?"

내 부름에 누군가 나왔다.

"뉘슈?"

"은해상단의 은서호 소단주라고 합니다. 집주인께서는 계십니까?"

"잠시만 기다리십시오."

그는 안으로 들어가더니, 잠시 후 돌아와 나에게 말했다.

"들어오슈."

나는 안으로 들어갔고, 접빈실로 안내되었다. 그리고 차를 대접받고 잠시 기다리자 집주인이 접빈실로 들어왔다.

"나를 보자고 하셨다고요?"

"말을 낮춰 주십시오. 제가 아직 어립니다."

"험험, 그럼 그러지. 그래, 나를 왜 보자고 했는가?"

나는 단도직입적으로 말했다.

"제가 이 집을 사고 싶습니다."

"이 집을…… 산다고?"

"네."

나는 고개를 끄덕였다.

"값은 부르는 대로 드리겠습니다."

그는 대체 내 의도가 뭔지 궁금하다는 듯이 나를 보았다.

"이 집은 사서 뭘 하려고?"

"저희가 얼마 전에 북경에 지부를 세웠습니다. 그런데 아직 사택이 없어서 지부의 방을 쓰는 중입니다. 그래도 명색이 황도의 지부라면 저택 하나는 있어야 좀 그럴듯하지 않겠습니까?"

나는 말을 이었다.

"마침 이 집이 지부와 좀 가깝고 괜찮아 보여서 찾아뵈었습니다. 값은 원하시는 대로 쳐 드리겠습니다."

내 말에 그가 잠시 고민하다가 입을 열었다.

"은자 천 냥! 그 이하로는 안 되네."

시세의 두 배 정도다.
"알겠습니다."
"엥?"
내가 선뜻 승낙하자, 그는 깜짝 놀라 물었다.
"지, 진심인가?"
"네. 진심입니다. 그럼 은해상단의 소단주인 제가 어르신을 이런 일로 놀리겠습니까?"
나는 미리 준비한 매매 계약서를 꺼내 놓았다.
"잠시 필묵을 좀 쓰겠습니다."
내가 붓에 먹을 묻히고 금액을 적으려던 때였다.
"처, 천 냥은 내가 봐도 좀 과한데…… 그냥 팔백 냥만 줘도……."
"아닙니다. 처음 말씀하신 대로 천 냥 드리겠습니다. 대신 보름 안에 이 집을 비워 주십시오. 가능하시겠습니까?"
"급한가 보군. 알겠네."
"돈은 금산전장의 전표로 드릴까요? 아니면 은자로 드릴까요?"
"금산전장의 전표로 해서, 금산전장 안에서 주고받도록 하지."
우리는 즉시 그 자리에서 계약서를 쓰고 곧바로 금산전장으로 향했다.
그리고 약속대로 금산전장을 증인 삼아 은자 천 냥의 값을 치렀다.

이렇게 나는 저택 하나를 구매했다.

그리고 곧바로 다음 집으로 향했다. 귀주에서 예상보다 시간을 많이 지체한 까닭에 시간이 별로 없다.

내가 이렇게 집을 사들이는 이유는 곧 북경의 여러 집들이 무너질 예정이기 때문이다.

물론 설계는 제대로 되었지만, 시공업자들의 욕심이 초래한 인재(人災)였다.

기둥 열 개가 들어가야 하는데 여섯 개만 넣는 식으로 말이다.

그래 놓고 준공검사를 나온 공부의 관리들에게 뇌물을 먹이고 합격증을 받은 것이다.

에휴.

나를 골탕 먹이려고 궁리하기 전에 건물의 안전이나 좀 궁리할 것이지.

그렇게 무너질 건물과 무너지지 않을 건물을 적절히 섞어서 구매했다. 내가 산 건물들이 전부 무너지면 이상하게 생각될 테니까.

물론, 무너질 것을 알면서 왜 그걸 사서 손해를 감수하냐고 묻는 자도 있을 거다.

손해라고?

내가 손해 볼 일을 할까?

이건 나에게 큰 이득으로 돌아올 일이다.

자고로 대상인이란 눈앞의 이득만을 보고 일희일비해서는 아니 되는 법이지.

그리고······.

가장 중요한 이유는 집이 무너지면서 수많은 이들이 죽거나 다치기 때문이다.

더군다나 제법 큰 저택들만 무너졌고, 그로 인해 피해를 본 이들은 세력가들이었다.

당연히 난리가 났지.

아무튼, 가난한 사람이 죽든 부자가 죽든 죄 없는 자들이 누군가의 비리로 인해 죽고 다칠 것을 알면서 그냥 두고 볼 수가 없었다.

내가 이렇게 마음이 약하다니까.

뭐, 오지랖이라고 욕해도 할 말은 없다. 어찌 되었든 내가 오지랖을 부려도 최대의 이익을 끌어내면 되는 거 아닌가?

그리고 난 인간성을 상실한 그런 인간으로는 살고 싶지 않거든.

할 수 있으면 살리는 게 맞잖아?

.

.

.

그날 저녁.

내 예상대로 진영 대협이 나를 찾아왔다.

"황제 폐하께서 부르시네."

"네."

나는 그를 따라 황궁으로 향했다.

"소상 은서호, 지고하신 황제 폐하를 뵙습니다. 만세 만세 만만세!"

나는 황제 앞에 넙죽 엎드려 최상의 예를 취했다.

"일어나도 좋다."

"성은이 망극하옵니다."

나는 고개를 들어 황제를 보았다.

"이번 일도 수고 많았다. 그런데 어찌 된 것이 네가 가는 곳마다 일이 터지는 것이냐? 네가 일을 부르는 것이더냐? 일이 너를 부르는 것이더냐?"

"저도 잘 모르겠습니다. 다만, 황제 폐하의 은덕이 저를 통해 전 중원에 미치는 것 아니겠습니까?"

"말은 잘하는구나."

황제가 피식 웃으며 말을 이었다.

"그나저나 무림맹이 자꾸 귀찮게 하는구나."

"그들이 어떻게 나왔습니까?"

"전형적인 꼬리 자르기다. 이번 일은 그자의 독단 행동일 뿐, 자신들은 그런 지시를 하지 않았다고. 그러니 그자를 어떻게 처벌하든 따르겠다고 하더구나."

그럴 줄 알았다.

"그건 그렇고, 기껏 살린 귀주성 포정사의 여식이 사고로 죽었다지? 쯧쯧, 안타까운 일이구나."

"그러하옵니다."

그때 황제가 나를 보더니 기가 찬다는 표정을 지었다.

"허, 이 자식 봐라? 그랬단 말이지?"

나는 뜨끔했다.

"네? 뭘 말씀하시는 건지 소상은 잘 모르겠습니다."

"나중에 안부라도 물어야겠구나."

"……."

아니, 내가 몰래 자령 소저를 빼돌린 것을 대체 어떻게 아신 거야?

내 이전 삶에서의 외호 중 하나가 은빛 구렁이였을 만큼, 표정이 잘 드러나는 사람도 아닌데.

진짜, 독심술이라도 하시는 건가?

"그건 그렇고."

이어진 황제의 말에 나는 얼른 상념을 지웠다.

황제 앞에서 딴생각이라니, 집중하자 집중!

언제 잡아먹힐지 모른다고.

"이번 흉년이 제법 길구나."

"그래도 황제 폐하의 은덕에 많은 이들이 흉년을 잘 버티고 있습니다."

"아부는 거기까지!"

"……."

"솔직히 네가 황 좌첨도어사를 통해 언질을 주지 않았다면 내가 어찌 미리 대비할 수 있었겠느냐? 비록 네 예지몽이었다고 해도 말이지."

이렇게 내 공을 인정해 주시니 뭔가 좀 쑥스럽네.

그나저나 황본지 학사가 좌첨도어사라니.

좌우 첨도어사는 정사품으로 도찰원의 보좌관이다. 그

리고 도찰원은 감찰을 맡은 곳.

전에 호부에 있었는데…… 승진하셨나 보네.

황제는 한숨을 내쉬었다.

"하지만 아직 흉년은 끝나지 않았고, 앞으로의 일이 걱정이로구나."

"폐하께서는 능히 이 환란을 해결해 나가실 수 있을 것이옵니다."

"쯧쯧, 아부는 그 정도만 하라니까."

"아부가 아니옵니다."

"됐다. 그건 그렇고, 일이 이리되다 보니 일전에 네가 황 좌첨도어사를 통해 했던 말이 떠오르더구나. 우리에게 없는 것을 외부에서 가지고 오는 방법 말이다."

예상했던 대로다.

"다른 나라들과의 교역을 말씀하시옵니까?"

황제는 고개를 끄덕였다.

"그래. 우리가 곡식을 받기 위해서는 저들이 원하는 것을 팔아야 하는 법. 네가 볼 때 우리가 무엇을 팔아야 한다고 생각하느냐?"

나는 잠시 생각하는 척했다.

이미 다 생각해 뒀지만, 그래도 이렇게 고민하는 척해야…….

"이미 다 생각해 놓고서는…… 애쓴다, 애써."

"……."

"험험."

내 속을 들킨 것이 민망해서 헛기침했다.

"여러 가지가 있습니다만, 가장 중요한 교역품은 세 가지라고 생각합니다."

"세 가지라…… 말해 보거라."

"우선 도기입니다."

"도자기 말이냐?"

"네."

나는 고개를 끄덕였다.

"그리고 차와 술도 아주 좋은 교역품입니다."

도자기와 차와 술.

이것에 주변의 나라들이 아주 환장했었지.

그래서 백천상단이 큰 이득을 얻었고.

아, 그때를 생각하니까 갑자기 화가 치밀어 오르네. 하지만 지금은 황제 앞이다.

참아야지.

그렇게 황제와 외국과의 교역에 대해 논의하고 다시 북경지부로 돌아왔다.

그렇게 이틀이 지났다.

"소단주님, 이건 이렇게 하면 되나요?"

집무실에서 일하던 내 옆에서 서향 소저의 목소리가 들려왔다.

고개를 돌려보니 자령 소저, 아니 서향 소저가 나에게 서류를 내밀며 묻고 있었다.

일어날 일 〈83〉

그녀는 나와 정식으로 고용 계약을 맺은 이후로 매일 이렇게 출근해 내 일을 돕고 있었다.

유능한 그녀 덕분에 나는 한결 수월하게 일을 처리할 수 있게 되었고.

"네, 이렇게 하면 됩니다. 그런데 혹시 오늘 저녁에 시간 있으십니까?"

"무슨 일 때문에 그러세요?"

"다름이 아니라 은해상단의 식구가 되셨으니, 소개하는 자리를 좀 가질까 합니다."

그래야 그녀의 존재를 북경지부의 사람들이 알고, 그녀에게 실수하지 않을 테니까.

또한, 앞으로 내 부관으로 일하려면 여러 사람들과 협조해야 하는 만큼, 그들에게 존재감을 보여 줄 수 있는 자리가 필요했다.

그날 저녁.

나는 예약을 해 둔 인근 주루로 향했다.

"혹, 주루는 처음이십니까?"

내 물음에 그녀는 고개를 저었다.

"아뇨. 전에 오라버니들과 몇 번 와 본 적이 있어요. 용채를 모아서 맛있는 음식을 사 주시곤 했거든요."

주루는 단순히 술을 마시기 위해서만 오는 곳이 아니다. 여럿이 모여 여흥을 즐기기 위한 곳이니만큼 각종 진미들도 필수다.

술은 그저 거들 뿐이고.

게다가 금주령이 길어지면서 주루들은 요리에 더욱 중점을 두고 홍보하고 있었다.

하여 유명한 숙수들을 데리고 오느라 경쟁하고 있고.

그래도 주루는 요리를 통해 손님을 모을 수 있으니 상황이 좀 낫지만, 기루는 죽을 맛이겠지.

우리가 삼 층으로 올라가자, 미리 와 있던 북경지부의 이들이 자리에서 일어나 우리를 맞아 주었다.

"소단주님 오셨습니까?"

"네. 늦어서 죄송합니다."

"아닙니다. 아직 약속 시간 전입니다. 늦게 오면 다른 녀석들이 음식들을 다 먹어 버려서 일찍 온 것입니다. 하하하."

지부장의 말에 나는 웃으며 말했다.

"오늘만큼은 그럴 일 없도록 음식을 넉넉하게 준비하라 해 두었습니다."

"오! 그럼 다행입니다."

나는 그곳에 모인 이들에게 말했다.

"이 자리는, 이번에 제가 새로 맞이한 부관을 소개하기 위한 자리입니다."

모두의 시선이 나와 서향 소저를 향해 있었다.

"이름은 곽서향. 제 사부님이신…… 그러니까 곽 표두님에 대해 아시는 분은 아실 겁니다."

내 말에 다들 고개를 주억거리며 호응해 주었다.

"창인표국의 곽 표두님 말씀입니까?"

"그 극천검 곽훈 대협의 후손이라고 들었습니다."
"네. 맞습니다."
나는 고개를 끄덕였다.
"그분의 친척인데, 꽤 유능한 편이라 제가 부관으로 맞이하게 되었습니다."
그녀는 고개를 숙여 인사했다.
"잘 부탁드립니다."
멍하니 서향 소저를 바라보는 남자들을 보며 나는 한숨을 내쉬었다.
에휴, 보는 눈은 있어서.
"혹시나 싶어 얘기해 둡니다만, 곽 부관은 제 사람입니다. 만약 함부로 대하거나 희롱하는 일이 생긴다면, 제가 아주 무서운 사람이라는 것을 확인할 수 있게 될 겁니다."
"……."
순간 정적이 감돌았고, 그들은 시선을 아래로 깔았다.
어…… 이 반응은 뭐지?
내가 그렇게 무서운 사람은 아닌데.
짝짝!
나는 손뼉을 두 번 치며 말했다.
"자, 그럼 이제 맛있게 먹어 봅시다!"
나름대로 즐겁고 화기애애한 소개 연회였다.

.

.

.

그 후로 며칠이 지났다.

그동안 나는 내가 처음 산 집들 주변에 있는 집들을 계속해서 사들였다.

내가 산 집들은 총 열 채.

그중 여섯 채가 이번에 무너질 집들이다.

그 여섯 채의 집들은 사흘이라는 간격을 두고 무너지는데, 모두 한 공사업체에서 한 시기에 지은 것이라는 공통점이 있다.

십여 년 전에 이 지역에서 난 대화재 때문이었다.

그로 인해 주변의 집들이 다 타 버렸고, 한 번에 여러 채의 집을 지어야 했다.

그 와중에 저질러진 비리다.

아마 공사 계획서대로 충실하게 건설했다면 수백 년은 거뜬했겠지.

뭐, 마침 그 건물들이 은해상단 북경지부 근처에 모여 있는 덕분에 내가 그 건물들을 산 이유에 대해 불필요한 의심은 받지 않을 터.

드륵.

그때 내 방문이 열리고 팔갑이 들어왔다.

"오늘은 일하러 안 가십니까요?"

"아…… 오늘은 따로 볼일이 있어서. 그래서 내 집무실에는 서향 소저만 있어."

내 말에 팔갑이 히죽히죽 웃으며 말했다.

"아, 그거 아십니까요?"

"뭔데 그래?"

"북경지부의 이들 사이에서 서향 소저가 도련님과 연인 사이라는 소문이 파다합니다요."

"응? 그게 무슨 소리야?"

"저번에 소개 연회 때 도련님께서 그러지 않으셨습니까? 서향 소저가 도련님의 사람이라고요."

"그랬지."

"그게 다른 의미로 들렸나 봅니다요."

"……."

나는 한숨을 내쉬었다.

그만큼 서향 소저를 아껴 달라는 말이었는데…….

지금 와서 "그 뜻이 아니라…… 제게 속한 사람이라는 의미입니다."라고 정정하는 것도 좀 웃기는 일이다.

뭐, 그냥 놔두는 게 제일 낫다.

헛소문은 언젠가 사그라들기 마련이니까.

또한 그로 인해 서향 소저가 안전하다면야.

"그런데 도련님. 이 근방의 저택들은 왜 그렇게 많이 사들이신 겁니까요? 지금 북경의 상단들이 바짝 긴장한 거 아십니까요?"

"아…… 그 소문 말이지?"

내가 이 근방의 저택들을 워낙 많이 사들인 덕분에 은해상단이 본거지를 북경으로 옮긴다는 소문이 돌고 있었다.

그 정도로 내가 사들인 저택들의 규모가 엄청났기 때문이다.

게다가 그 저택들의 위치도 북경지부 근처였으니까.

그래서 어제 연준상단주인 고모부가 직접 찾아오셔서 그 소문이 사실이냐고 물으셨다.

나는 단칼에 부정했다.

은해상단의 본거지는 호북성 숭양현이다.

그곳에서 시작했고, 호북성 사람들 덕분에 성장했는데 그곳을 버리고 어딜 가겠는가?

"진짜 아니죠?"

"어. 아니야."

팔갑은 머리를 긁적였다.

"제가 이제는 도련님의 뜻을 좀 알겠다고 생각했는데 아직 멀었나 봅니다요. 도통 도련님의 속을 모르겠습니다요."

나는 쓴웃음을 지을 수밖에 없었다.

팔갑을 깊이 신뢰하지만, 이번 일에 대해 말할 수는 없었다.

집이 무너질 거고, 나는 그걸 이용해서 이득을 얻을 거라고 말한다면 팔갑은 당장 의원을 부르러 갈 테니까.

곧 내가 산 건물들의 반 이상이 무너질 것은 내가 겪은 미래의 일이니까.

음, 자령…… 아니, 서향 소저는 알고 있을지도 모르겠지만.

나는 피식 웃으며 둘러대었다.

"그냥 미래를 위한 투자야. 우리 은해상단이 점점 커지게 되면 북경지부 주변의 땅값이 엄청나게 오르겠지."

"일리가 있습니다요. 북경지부를 확장할 것을 기대하는 이들이 있을 테니까요."

"맞아. 그래서 미리 사들인 거야. 그리고 가족들이 북경에 올라왔을 때 편하게 머물 수 있는 저택이 있으면 좋겠다는 생각도 있었고."

내 급조한 핑계를 납득했는지, 팔갑은 순순히 고개를 끄덕였다.

그렇게 한 이틀 정도가 지났다.

나는 아침을 먹으며 날짜를 헤아려 보고는 자리에서 일어났다.

내 이전 삶대로라면 오늘 건물이 무너진다.

그래도 다행히 건물 안에 사람이 없도록 모두 철저하게 비워 놓았고, 들어가지 못하게 문에 못질까지 해 놨다.

그리고 북경지부의 은풍대의 협조를 얻어 그 건물들을 순찰하게 했다.

이전에 있던 업무 태만으로 인한 사건 덕분인지 은풍대원들은 두 눈에 불을 켜고 순찰을 돌았다.

물론 그럼에도 담을 넘어 들어가는 자가 있을 수도 있다. 하지만 내가 거기까지 어떻게 신경 쓰겠어.

그런 일이 없으면 좋겠지만, 그 정도까지 했는데도 들어가서 죽거나 다친다면 그거야말로 자업자득이지.

나는 평소대로 업무를 처리했고, 식당에서 점심을 먹었다.

평소 점심은 약속이 없으면 북경지부 내에 있는 식당에서 먹는 편이다. 싸고 편하고 빠르니까.

오늘 점심은 간단한 국수와 만두다.

"음식은 입에 맞으십니까?"

내 물음에 서향 소저는 고개를 끄덕였다.

"네. 간이 좀 세긴 하지만 맛이 참 다채롭네요."

그렇게 점심을 먹던 중 내 기감에 뭔가가 느껴졌다.

뭔가 큰 충격으로 인해 땅이 울리는 듯한 느낌이다. 그리고 다른 무사들도 그걸 느꼈는지 움찔했다.

"주군!"

"네."

나는 자리에서 일어나 서둘러 내 집무실로 향했다.

이 상황을 보고하기 위해서라면 누군가 내 집무실로 올 테니까.

내 생각대로 은풍대의 한 무사가 헐레벌떡 달려왔다.

"소, 소단주님!"

"무슨 일입니까?"

"건물이…… 소단주님께서 이번에 사들이신 저택의 건물이 무너졌습니다."

그때 뒤에서 다른 무사가 또 달려왔다.

"소단주님! 다른 건물이 또 무너졌습니다!"

"……."

나는 손가락으로 미간을 눌렀다.

그 집들이 왜 연쇄적으로 무너졌나 했더니…… 아까 내가 느낀 충격이라면 설명이 된다.

건물 하나가 무너졌고, 그 충격으로 근처에 있던 다른 건물이 무너진 거다.

또 그 충격은 다른 건물에 영향을 주고…….

일종의 연쇄작용인 것이다.

"혹시, 그 주변의 민가는 괜찮습니까?"

내 물음에 그들은 고개를 끄덕였다.

"네."

"다른 민가는 멀쩡합니다."

민가가 멀쩡한데 그 큰 저택이 무너졌다는 것부터가 이상한 것이지.

나는 호위무사들에게 말했다.

"외출할 준비 하세요."

"네."

우리는 즉시 건물이 무너졌다는 곳으로 향했다.

명색이 내가 주인이니 무너진 건물을 살피는 것이 당연하니까.

처음 무너진 건물은 내가 두 번째로 사들인 저택이다. 그 저택의 기둥들이 처참하게 쓰러져 있었고, 지붕이 폭삭 주저앉아 있었다.

그 충격 때문인지 다른 건물들의 반이 무너져 있었다. 돌담도 쓰러져 있었고.

그 옆쪽에 있는 내가 첫 번째로 산 건물 역시 별반 다르지 않았다.

"저, 괜찮으십니까?"

내가 직접 무너진 건물들을 보러 간다는 말에 따라 나온 은 지부장이 조심스레 물었다.

"후우, 안 괜찮군요."

이렇게 무너진 모습을 보니 분노가 치밀어 올랐다.

이건 내가 손해를 본 것에 대한 분노가 아니라, 건축 자재를 줄여 부당한 이득을 본 이들과 향응을 대접받고 이를 묵인해 준 공부 관리들에 대한 분노다.

동시에 그때 내가 목격했던 아비규환이 떠올랐다.

지난 삶에서 당시 나는 포목점을 맡고 있었고, 북경에 있는 은해상단 소속 상단에 비단을 가져다주러 북경에 도착한 참이었다.

북경지부에 비단을 옮기는 것을 마치고 늦은 점심을 먹으려 할 때 무시무시한 굉음이 울려 퍼지며 땅이 흔들렸다.

놀란 우리는 거리로 달려 나왔고, 방금까지 앞에 있던 커다란 지붕이 눈앞에서 사라졌음을 알아차렸다.

그곳에서 들려오는 울음소리와 비명.

"으아앙! 아버지!"

"주인마님!"

"으윽, 아파! 아파!"

"살려 주세요! 제발…… 누가 좀 살려 주세요!"

사람들이 피투성이가 되어 건물 잔해에 파묻혀 있었다.
그리고 우린 그들을 구하기 위해 달려갔다.
하지만 고작 반 각 후에 옆의 건물까지 무너져 내렸다.
그때의 더러운 기분은 느껴 본 사람만 안다.
고개를 흔들어 잡념을 지운 나는 말했다.
"황궁, 공부로 갑시다."

* * *

그 시각.
북경의 건물 여러 채가 무너졌다는 소식은 황궁에도 전해졌다.
가장 당황한 자들은 공부의 관리들이었다.
"아니! 멀쩡한 건물이 왜 무너진 거야?"
"저, 저도 그건 잘……."
"그것도 두 채나 연달아 무너졌다고? 젠장!"
공부의 주사는 머리를 감싸 쥐며 말했다.
"당장 기록 가지고 와! 우시랑 대인 오시기 전에 얼른 파악해야 안 깨진다고!"
"네!"
곧 그들은 그 건물에 대한 기록을 가지고 왔다. 하지만 아무리 살펴도 별다른 문제를 발견할 수 없었다.
"이거 준공검사한 녀석 누구야?"
"여기 이름이 적혀 있습니다. 저…… 그런데 이 선배님들은 지금 승진해서 각 성의 참의로 있습니다."

"젠장! 하긴 이거 십 년 전 기록이니까, 선배님들이 검사를 했겠지."

그는 주먹으로 탁자를 내리칠 수밖에 없었다.

십 년 전에 준공검사를 나갔던 이들이라면 지금은 자신보다 높은 자리일 수밖에.

"후, 그럼 지금 이 건물들의 주인은 누구지?"

"그게…… 헉!"

그때 주인의 이름을 살피던 관리가 흠칫 놀랐다.

"왜?"

"그게…… 은서호라고 적혀 있습니다."

"뭐? 누, 누구?"

"은해상단의 은서호 소단주 말입니다."

그때, 황궁의 위소를 지키던 위사가 들어와 그들에게 말했다.

"접견 신청이 들어왔습니다."

"누구요?"

"은해상단의 은서호 소단주라고 합니다."

"……."

한 관리가 눈치를 보다가 주사에게 물었다.

"어찌할까요?"

"모시고 와. 우리도 별문제를 알아차리지 못했는데 자기가 그걸 어찌 알겠어?"

* * *

나는 공부 건물 안으로 들어왔다.

벌써 이번 생에서 두 번째인가?

전에 은해상단 북경지부의 준공검사를 재촉하러 왔었으니까.

접빈실에서 기다리고 있자, 한 관리가 들어왔다.

"소상 은서호, 대인을 뵙습니다."

"그래, 오늘은 어쩐 일인가?"

"소식 들으셨을 거라고 생각합니다. 오늘 제 소유의 건물 두 채가 무너졌습니다."

"그런가? 그것참 유감이군."

"하여 혹시라도 그 건물들에 하자가 있었는지 알아보고자 그 건물들에 관한 서류를 살펴보려 합니다."

"잠시만 기다리게."

그는 한 관리를 불러 두 건물에 대한 서류를 가지고 오라고 했고, 잠시 후 그 관리는 서류 한 뭉치를 들고 왔다.

"여기 있네."

"감사합니다."

나는 그 서류를 살폈다.

역시…… 서류상으로는 아주 정상적인 건물이라고 되어 있었다.

하지만 나는 이미 서류상으로만 완벽하지, 심각한 하자가 있음을 알고 있다.

"이거 좀 이상하군요."

"뭐, 뭐가 말인가?"

"여기 보시면 이 건물의 기둥이 스물한 개라고 되어 있습니다."

"그래, 무슨 문제가 있나?"

"아까 제가 무너진 건물의 잔해를 치우면서 살펴봤을 때, 주춧돌은 열다섯 개밖에 되지 않았습니다."

"……!"

그는 식은땀을 흘리며 부정했다.

"그, 그럴 리가 없네. 북경의 모든 건물은 공부에 제출한 설계도대로 짓게 되어 있네."

"그럼 저와 함께 가서서 확인해 보시죠."

"지, 지금은 내가 바빠서…… 그리고 이 서류는 공부의 관리가 아니면 반출이 불가한 서류라네."

"그럼 다른 공부의 관리께 부탁드리겠습니다."

"지금 다들 바쁜 시기라 출장을 나갈 수 있는 사람이 있을지 모르겠군."

후, 이 새끼가?

어떻게든 처리를 미루려는 것을 보니, 어찌 된 것인지 파악했군.

사실 방금 기둥의 개수 차이는 숨길 수도 있지만, 일부러 말한 거다.

똥줄 좀 타라고.

나는 씩 웃으며 옷소매에서 두루마리 하나를 꺼내어 내

밀었다.

"저에게 황제 폐하의 성지가 있는 것, 잊으셨습니까?"

"……."

"즉, 제 일이 최우선입니다. 그러니까 가시죠."

지금 최근에 지어진 건물도 없고 지을 건물도 없어서 한가한 거 아는데 어디서 핑계입니까?

그렇게 그는 나와 함께 출장을 가게 되었다.

그의 이름은 손명.

직급은 주사라고 했다.

그는 나와 함께 마차를 타고 가는 동안 연신 땀을 닦았다.

그리고 그가 데려온 풍 사무라는 관리는 손 주사의 눈치만 보고 있었다.

곧 우리는 무너진 저택 앞에 도착했다.

"이쪽으로 오십시오."

우리는 마차에서 내려 무너진 저택으로 향했다.

"허! 처참하군요!"

풍 사무가 그리 말했을 정도였다.

"마침 제가 사들인 후 수리하기 위해 비워 놨던 곳이었기에 다행히 인명 피해는 없었습니다."

"그, 그건 다행이군."

그래, 다행이라고 생각해야 할 거다.

인명 피해까지 났으면 그 책임은 훨씬 더 커졌을 테니까.

"그런데 지붕은 어떻게 치운 건가?"
"저희 수하들이 좀 유능합니다."
"그렇군."
그때 우리를 찾는 이가 있었다.
"아! 마침 여기에 있군!"
진영 대협이다.

사실 오늘 아침에 진영 대협에게 서신을 보냈었다. 황궁무공에 대해 궁금한 점이 있으니 만나서 이야기를 나누었으면 좋겠다는 내용이었다.

그리고 약속 시각은 오늘 오후.

북경지부에 갔다가 내가 이곳에 있음을 듣고 오신 거다. 내 계획대로.

"아! 대협!"

나는 얼른 고개를 숙였다.

"송구합니다! 오늘 약속을 취소한다고 미리 연락을 드렸어야 했는데…… 경황이 없어 미처 연락을 드리지 못했습니다."

"아닐세."

진영 대협은 손을 저었다.

"나도 와서 들었네. 자네 소유의 건물이 두 채나 갑자기 무너졌다고."

"네, 그렇습니다. 다행히 인명 피해는 없습니다만……."

"그건 불행 중 다행이네만, 그래도 손실이 상당할 터. 내 뭐라고 위로를 해야 할지 모르겠군."

그는 안타깝다는 표정을 짓더니, 내 옆의 관리들을 보며 물었다.

"같이 온 자들은 공부의 관리들 아닌가?"

"네. 맞습니다."

내 대답에 두 관리가 얼른 진영 대협에게 포권하여 인사했다.

"공부의 손명 주사입니다. 대협을 뵙습니다."

"공부의 풍도 사무입니다. 대협을 뵙습니다."

"금의위의 진영이라고 하네."

나는 그들끼리 소개가 끝나자 입을 열었다.

"이번에 건물이 무너진 것을 수습하던 도중 뭔가 석연찮은 점이 있었습니다. 하여 공부에 협조를 구해 두 관리분을 모시고 돌아온 것입니다."

나는 말을 이었다.

"사실 이 저택은 저희 상단의 북경지부와 가까이에 있어 제 부모님을 모시기 위해 구입한 저택입니다. 지금 수리를 위해 비워놔서 망정이었지 만약 이 안에 누군가 있었다면…… 그걸 생각하니 가슴이 진정되지 않습니다."

나는 말을 이었다.

"하여 제가 제대로 판단하지 못할 듯합니다. 그래서 말인데 혹시 바쁘십니까?"

"지금 그리 바쁜 일은 없네."

"그러면 저와 함께 이 건물의 문제를 살펴봐 주시길 부탁드려도 되겠습니까?"

진영 대협은 내 부탁을 흔쾌히 승낙했다.
"당연히 내 도와줘야지."
좋았어!
이것으로 공부의 두 관리는 이번 일에 대해 묵과할 수 없게 되었다.
여기서 문제를 발견해도 저 둘이 발뺌하거나 덮으려고 하면 일이 귀찮아지거든.
하지만 금의위 대협이 있는 곳에서 발견한 문제에 대해 보고하지 않는다면, 즉각 황제 폐하를 기만했다는 이유로 잡혀갈 테니까.
물론 그러지 않아도 앞으로 무너질 건물들이 더 있는 만큼 황제 폐하께서도 가만히 두시지 않겠지만.
그래도 더 빠르고 쉽게 일을 처리하기 위해 진영 대협에게 서신을 보낸 것이다.
"그럼 시작하게."
"네."
그들은 서류를 들고 설계도대로 건물이 잘 지어졌는지 살피기 시작했다.
"……."
안 그래도 어두웠던 얼굴이 점점 더 어두워지기 시작했다.
공부의 관리라는 건 즉, 그쪽 분야의 전문가들이라는 의미다.
아까 내가 말한 주춧돌의 개수가 다르다는 건 문제가

아닐 정도로 심각하게 잘못되었음을 깨달은 것이다.

그들은 되도록 이에 대해 말하지 않으려고 했지만, 그렇게 둘 내가 아니지.

나는 옆에서 툭툭 말을 던졌다.

"어라? 설마 이 기둥 오동나무로 만든 겁니까?"

"……험, 그, 그런 듯하군."

"여기 서류에는 참나무를 사용했다고 되어 있습니다. 그리고 제가 알기로 오동나무는 목질이 무르다고 들었습니다만……."

"가끔 오동나무도 기둥으로 쓰이긴 하지."

"그럴 땐 주춧돌을 높인다고 들었습니다만, 주출돌이 좀 낮은데요? 서류에는 뭐라고 적혀 있나요?"

"……."

내 물음에 진영 대협이 슬쩍 서류를 보더니 말했다.

"서류에는 주춧돌의 높이가 일 척이네. 그런데 이건…… 일 척이 안 되어 보이는군."

"그, 그건 땅에 묻혀 있어서."

"그럼 파 보죠."

내 말에 삽을 들고 대기하고 있던 팔갑이 얼른 달려와 주춧돌이 있는 곳을 파 보았다.

"……."

드러난 주춧돌은 진영 대협의 말대로였다.

"……."

"기록하게."

추상같은 명령에 그들은 찔끔하며 얼른 보고서에 이 사실을 적었다.

"이건 대들보와 창방이랑 주두 같은 것을 구성했던 목재들 같은데……"

창방이랑 주두 같은 것은 기둥과 지붕을 연결하는 가장 중요한 부분이다.

"왜 이렇게 뒤틀려 있을까요?"

왜긴 왜야.

덜 말린 목재를 썼으니까 그렇지.

집이나 가구 등을 만드는 목재는 베어낸 그대로 쓸 수는 없다. 그러면 나무가 마르면서 뒤틀려 버리거든.

하여 자재로 쓰기 위해서는 나무를 바짝 말려야 하는데, 그 과정이 쉽지 않다.

그래서 덜 말린 목재로 집을 지었고, 그 목재가 마르는 과정에서 뒤틀리며 하자가 발생한 거지.

그렇게 약 한 시진 정도 진행된 조사 과정에서 발견한 하자만 스무 건이 넘었다.

"어이가 없어서 화도 나지 않네요."

내 말에 진영 대협은 혀를 찼다.

"이걸 공부의 관리들이 알아차리지 못했을 리가 없는데 이러고도 준공을 확인해 줬다니……."

그는 두 관리에게 말했다.

"조사한 것, 내놓게."

"네?"

"내가 직접 황제 폐하께 전해 올리겠네."

그들은 덜덜 떨면서도 애써 변명하려 했다.

"아, 아직 정리가 미흡하여……."

"내가 정녕 검을 빼 들어야겠는가?"

"아, 아니옵니다!"

그는 얼른 서류를 내밀며 말했다.

"여, 여기 있사옵니다."

진영 대협은 그 서류를 받아 들며 나에게 말했다.

"다시 한번 위로를 전하겠네. 이게 위로가 될지는 모르겠지만……."

"아닙니다. 이렇게 직접 찾아오셔서 조사까지 도와주셨으니, 감사할 따름입니다."

나는 말을 이었다.

"노파심에 하나만 더 말씀드리자면, 이 건물을 지은 이들이 도망치지 않도록 해야 할 것 같습니다."

"아! 그렇군. 그리하겠네."

이전 삶에서는 조사를 늦게 시작하는 바람에 무너진 건물들을 지은 건상(建商)의 상단주 일가가 야반도주해 버렸다.

십여 년이 지나서야 겨우 잡혔는데, 그들은 횡령한 돈으로 잘 먹고 잘 살았다고 한다.

가장 큰 벌을 받아야 할 자가 잘 먹고 잘 살아서는 안 될 일이지.

* * *

황제는 자신의 손에 들린 보고서를 보았다.

"음……."

금의위의 진영이 직접 자신에게 보고한 서류였다.

은서호가 이번에 사들인 집들이 무너졌고, 이에 혹시 건물에 이상이 없는지 살피던 도중에 발견한 하자들이라고 했다.

"짐이 건축에 대해서는 잘 모르지만, 이런 하자들이 있음에도 십 년이나 버틴 것이 어찌 보면 대단하군."

그 앞에는 공부상서가 바짝 엎드려 있었다.

"한 번 보게."

내관이 그 보고서를 공부상서에게 전했고, 그는 떨리는 눈으로 그 서류를 읽고는 머리를 박았다.

"아랫것들을 제대로 다스리지 못한 죄! 죽어 마땅하옵니다. 죽여 주시옵소서."

하지만 황제는 들은 척도 하지 않고 내관에게 말했다.

"우도어사를 불러오라."

"네!"

곧 우도어사가 불려와 그 앞에 부복하며 예를 갖추었다.

우도어사는 감찰원의 수장 중 하나이며, 중앙의 관리들에 대한 감찰을 담당하는 자리였다.

"우도어사가 수고해 줘야 할 일이 있다."

"하명하시옵소서."
"이번에 북경의 건물 두 채가 무너진 일에 대해 알고 있는가?"
"네. 알고 있사옵니다."
"그 건물에서 큰 하자들이 발견되었다. 이에 대해 공부의 관리가 모르고 지나갔을 리는 없을 터. 그대는 금의위와 함께 이 일에 대해 철저하게 규명하도록 하여라!"
"명 받잡겠습니다."
그리 말한 우도어사가 말을 이었다.
"아뢰옵기 황공하오나, 혹여 이 일을 철저하게 규명하라 하심은 그 건물의 주인이 은서호 소단주이기 때문이옵니까?"
그 물음에 황제는 피식 웃었다.
"만약 그 녀석이 미리 그 건물을 사들이고, 비우지 않았다면 발생했을 인명 피해를 생각해 보라."
그 상황을 생각하자, 우도어사의 입이 바짝 말랐다.
"그러니 나도 성의를 보여야 하지 않겠느냐?"
"성심을 다하여 받잡겠습니다."

그날 밤.
건물이 한 채가 더 무너졌다.

그다음 날.

건물 세 채가 연달아 무너졌다.

* * *

내 이전 삶에서처럼 건물 여섯 채가 무너졌다.

건물이 무너진 건 일어날 일이다.

애초부터 잘못 지어진 집이 무너지지 않게 막을 수는 없는 노릇이다.

"도련님, 괜찮으십니까요? 왼쪽 눈썹이 살짝 위로 올라간 것을 보니…… 화나셨네요."

"응. 나 지금 화 많이 났어."

팔갑은 내가 큰돈을 주고 산 여섯 채의 집이 무너진 것 때문에 화가 났다고 생각하겠지만, 내가 화가 난 진짜 이유는…….

이런 도둑놈들! 자기가 살 집 아니라고 진짜 너무한 거 아니야?

내 생각보다도 하자가 심각했기 때문이다.

이 자식들! 가만 안 둬!

속옷에 숨긴 돈까지 탈탈 털어먹을 테다!

* * *

도찰원의 우도어사는 황제의 앞에서 물러나자마자 진영 대협에게 협조를 구했다.

"지금 즉시 공부로 가서 증거를 압류하고, 또한 건물을 지은 건상을 억류해야 할 것 같습니다. 협조를 부탁드립니다."

"알겠소."

"그런데 이 보고서를 작성한 이들은 어디에 있습니까?"

그 물음에 진영 대협이 대답했다.

"지금, 내 집에 갇혀 있소. 아무래도 정보를 발설하면 곤란할 것 같아서 말이오."

"잘 하셨습니다."

"그럼 나는 곧바로 부하들과 금군들을 인솔해서 공부로 출동하겠소."

그리고 반 시진 후.

"공부의 모든 관리들은 지금 즉시 나오시오!"

"지금 당장 모든 업무에서 손을 떼시오!"

"무슨 수작이라도 부린다면 즉시 황명을 거역한 죄인으로 간주하겠소!"

서슬 퍼런 호령에 공부의 관리들은 화들짝 놀라 어찌할 바를 몰랐다.

그리고 들이닥친 금군들에 의해 닭 쫓기듯 공부 건물에서 쫓겨났다.

"이게 대체 무슨 일인지……."

"이번에 건물이 무너진 그 일 때문이 아니겠습니까?"

"하지만 서류상으로는 그 어떤 문제도 없었지 않나?"

"그러니까요."
"그나저나 손 주사와 풍 사무는 출장을 나가서 왜 아직 복귀하지 않은 건가?"
"혹시 뭐 맛있는 거라도 먹고 있는 거 아닐까요?"
"은 소단주가 그럴 사람인가?"
"……그렇긴 합니다."
은서호의 강권에 의해 출장을 갔던 손명 주사와 풍도 사무가 아직 복귀하지 못했기에 그들은 자세한 사정을 모르고 있었다.
그렇기에 아직 사태의 심각성을 알지 못하고 있는 것.
그때 도찰원의 관리들이 우르르 몰려왔다. 그리고 가장 앞에 있던 우도어사가 공부로 들어가는 문에 붉은색 종이 한 장을 턱 하고 붙였다.

[봉(封)]

그 붉은색 종이에 써진 글자는 관련된 모든 자들의 출입을 막는다는 의미.
만약 출입하게 되면 황명을 거역한 죄를 물어 엄벌에 처해지게 된다.
웬만해서는 부 하나를 통째로 봉하지 않는다.
그제야 공부의 관리들은 슬슬 이번 일의 심각성을 깨닫기 시작했다.
어디선가 나는 짙은 피비린내.

황명으로 부 전체를 봉했다는 건 적게는 몇 명, 많게는 몇백 명까지 죽어 나갈 수 있다는 뜻이니까.

그때 그곳으로 한 무리의 이들이 다가왔다.

금의위의 무사다.

"그대들은, 나를 따라오시오."

"……."

그렇게 그들은 한 전각에 감금되었다.

도찰원의 관리들은 공부를 탈탈 털기 시작했다.

그들은 서류만 들여다보는 것에 그치지 않고, 서류를 들고 각 집에 방문하여 준공검사가 제대로 되었는지 확인하기까지 했다.

그러던 중 그들은 하나의 사실을 알게 되었다.

"이 집들의 주인이 은해상단이라고?"

"네. 정확하게는 은서호 소단주 개인이 사들인 것이라고 합니다."

"며칠 사이에 이 집들을 전부 사들이다니! 허! 재력이 상당한가 보군."

"괜히 천하 백대 상단 중 한 곳의 소단주겠습니까?"

"그래도 불운은 피해가지 못했나 보군. 그에게 이곳들을 둘러보겠다고 전해라."

"네."

그 전갈을 들고 갔던 자는 잠시 후 돌아와 귀밑을 긁적이며 말했다.

"되기는 하지만, 며칠 후에 둘러보길 원한다고 합니다."
"어째서인가?"
"조금 불안해서라고 합니다. 혹시 또 사고가 일어날지 모르니 며칠 시일을 두고 봤으면 한다고 합니다."
"또 사고가 일어날지도 모른다니?"
"그게, 은 소단주가 이번에 산 저택들이 모두 동일한 시기에 지어진 집이라고 합니다. 그리고 절반 이상이 오걸건상에서 지은 집이라고 합니다."
"그것 참 공교롭군."
"그때 대화재가 있어서 이 근처의 집을 한 번에 짓지 않았습니까? 그중에 하필 오걸건상이 지은 집들 위주로 구매한 모양입니다."
"아! 기억나네. 그런 일이 있었지."

그는 고개를 주억거렸다.

"어떻게 하시겠습니까?"
"음, 그의 말대로 며칠 뒤에 조사하도록 하지."

사실 그냥 무시하려고 했다.

하지만 황제가 신경 쓰는 건 뭔가 이유가 있을 터. 그렇기에 그들은 은서호의 말대로 하기로 했다.

다음 날,

그들은 간밤에 집 한 채가 더 무너졌다는 소식을 들었다. 그곳은 은서호가 소유한 저택 중 하나였다.

"은 소단주의 말이 맞았군."
"그러게……."

그들은 이에 대해 이야기 하며 출장을 나갔다. 오늘의 출장 장소는 이번에 무너진 저택의 근처였다.
그리고 설계도와 다른 부분들을 찾아내며 혀를 찼다.
"해도 너무 하는군."
"그러게 말이야."
"이거 설계도와 다른 것이 눈에 뻔히 보이는데, 이러고도 준공확인을 해 줬다고?"
"허! 이 작자들을 그냥!"
도찰원의 관리들은 어찌 된 일인지 알 것 같았다.
"그럼 다음 집으로 가자고."
"다음이 어디였지?"
그들이 다음 집으로 향할 때였다.
콰직!
우지끈!
바로 옆에서 엄청난 굉음이 들렸다. 그리고.
와르르르!
자욱한 흙먼지가 날리고, 도찰원의 관리들은 입을 떡 벌렸다.
"저곳은……."
"우리가 조사해야 할 건물들 중 하나네."
"원래대로라면 오늘 저 안에 있었을 수도 있지."
"……."
그들은 말하지 않았지만, 같은 생각을 했다.
'만약 우리가 저 안에 있었다면…….'

그들의 등에 식은땀이 흘렀고, 건물에 깔려 비참하게 죽을 뻔했다는 그 아찔함은 이내 분노로 바뀌었다.

'탈탈 털어 주마!'

'이 자식들! 다 죽었어!'

* * *

오걸건상.

그곳은 지금 난리가 났다.

자신들이 맡아서 지은 건물 중 두 채가 무너졌기 때문이다.

상단주는 그곳에 대해서 기억하고 있었다.

기억하지 못할 리가 없었다.

워낙 큰 규모의 건축이었고, 자신이 한 번에 가장 많은 돈을 번 곳이었으니까.

그때 자재와 설계를 사기 쳐서 챙긴 돈으로 다른 사업에도 손을 댔다.

덕분에 북경에서도 나름 이름을 알린 상단으로 성장했고, 상단주 일가는 떵떵거리며 살게 되었다.

"이를 어떻게 해야 합니까?"

행수가 동동거리자, 상단주는 엄하게 그를 질책했다.

"어떻게 하긴! 이미 십 년이나 지난 일! 지금에 와서 그게 우리 잘못이라는 걸 어떻게 증명하겠어?"

"하지만……."

"공부에서 막아 주겠지. 그래 달라고 돈을 먹인 건데."
"그렇긴 합니다만……."
"우리가 지은 건물들이 한 번에 서너 채 이상 무너지면 모를까, 저 엉덩이 무거운 황궁이 움직이겠어?"
"……."
"그러니 우리는 아무 잘못 없는 거네!"
"아, 알겠습니다."

하지만 일각도 되지 않아서 또 한 채의 건물이 무너졌다는 소식이 전해졌다.

'이거 위험한데…….'

자신이 직접 사기에 관여했기에 그 건물들의 내구성에 대해 잘 알고 있었다.

겉으로는 멀쩡했지만, 속은 썩을 대로 썩어 있었기에 큰 충격을 받으면 무너질 터.

이를테면, 옆집이 무너지는 충격 같은 것 말이다.

불길함을 느낀 그는 가족들에게 미리 귀중품을 챙기고 짐을 싸 놓으라고 말했다.

여차하면 튀어야 했으니까.

하지만 그의 계획은 시작부터 가로막혔다. 금군들이 오걸건상을 에워싼 것이다.

"아니! 왜 나가는 것을 막는 것입니까?"
"현재 죄인일 가능성이 있는 자의 도주를 막기 위함이다."
"죄인이라니요? 저희가 무슨 죄인이라는 겁니까?"

"시끄럽다."

"아니! 이러시면 안 되죠!"

상단주는 애걸복걸해 보기도 하고 유력자를 들먹이며 협박도 해 보고 재물로 매수해 보려고도 했다.

하지만 그 어떤 방법도 통하지 않았다.

그는 점점 입술이 말라 가는 것을 느꼈다.

'이거 아무래도 들킨 거 같은데……'

그게 아니라면 금군들이 오걸상단을 에워쌀 리가 없었으니까.

그렇게 금군들의 경계가 계속되자, 상단주는 결심했다.

이럴 때를 위해 만들어 놓은 비밀 통로를 사용하기로.

건축을 전문으로 하는 건상의 상단주인 만큼 그 역시 건축에 조예가 있었다.

그렇기에, 오걸건상 안 자신의 처소 안에는 만약을 위한 비밀 통로를 몰래 만들어 놓았다.

깊은 밤.

그는 식솔들을 자신의 방으로 불러 모았다. 그리고 침상을 밀었다.

침상 아래에서 나무문이 드러났다.

그는 문을 열며 가족들에게 말했다.

"어서 들어가라! 당신도 어서 들어가시오."

"네."

그들은 그 비밀 통로 안으로 들어갔고, 돌로 만들어 놓은 단단한 계단을 걸어 내려갔다.

그렇게 한참을 지하로 내려간 그들은 횃불에 의지해 걷고 또 걸었다.

 그렇게 한참을 걷자 계단이 나타났고 그들은 그 계단을 걸어 올라갔다.

 이내 바깥으로 나가는 문 앞에 도착했다.

 "후우, 도착했군. 이제 나가자."

 상단주는 들고 있던 망치로 문의 고리를 부수고는 문을 열었다.

 끼이익.

 그러자 신선하면서도 차가운 밤공기가 느껴졌다.

 "후우, 잠시 쉬었다가……."

 하지만 그의 말은 끝나지 못했다.

 갑자기 주변이 밝아졌기 때문이다.

 수십 개의 횃불이 그들을 둘러싼 것.

 "혹시나 했는데, 진짜였군."

 그런 그들의 귀에 싸늘한 목소리가 들려왔다.

 그 앞에 나타난 것은 금빛의 경갑을 입고 있는 진영이었다.

 "허억!"

 그 모습에 상단주는 털썩 주저앉고 말았다.

 * * *

 아침을 먹고 집무실로 돌아온 나는 문득 창문을 보며

생각에 잠겼다.
 지금쯤은 잡혔으려나?
 지난 삶에서 오걸건상의 상단주 일가는 야반도주를 했다.
 그리고 비밀 통로가 있었다는 것도 나중에 밝혀졌고.
 그래서 나는 이번에 진영 대협에게 비밀통로에 대해 언질을 주었다.

"제가 상단 일을 하면서 알게 된 건데, 그런 구린 구석이 있는 자들은 꼭 도망갈 구멍을 만들더군요."
"도망갈 구멍?"
"네. 그리고 그건 보통 자신이 가장 자신 있는 분야죠."
"그자는 건축에 일가견이 있으니…… 아! 비밀통로군!"
"저 역시 그리 생각합니다."

 자세한 위치는 모르지만, 진영 대협이라면 알아서 잘하셨을 거다.
 그런 내 상념을 지우는 목소리가 들려왔다.
"이 서류들은 정리가 끝났어요."
"아, 감사합니다."
 역시 자령…… 아니, 서향 소저의 실력은 엄청나네.
"주군. 손님이 오셨다고 합니다."
 그때 집무실 밖에서 내 호위를 서고 있던 서우 무사의 목소리에 나는 고개를 갸웃했다.
"손님?"

문이 열리고 서우 무사가 들어왔다.
"경가(景家)의 가주께서 만나기를 원한다고 합니다."
경가가 어디지?
잠시 생각하던 나는 그곳이 내가 산 저택들 중 한 곳의 원래 주인이라는 것을 생각해 냈다.
무슨 일이지?
"접빈실로 모시라고 하세요."
내 말에 서우 무사는 포권하고는 문을 열고 나갔다.

나는 의관을 정제하고는 접빈실로 향했다.
"어서 오십시오. 늦어서 송구합니다."
"아니네. 바쁜 사람 불러내서 내가 미안하지."
우리는 부드럽게 예를 갖춘 인사를 주고받았고, 접빈실의 시녀가 내 앞에 차를 따라 주었다.
"여기까지는 무슨 일이십니까?"
"소식을 들었네. 내가 자네에게 판 저택이 무너졌다고."
"아, 네…… 그랬죠."
"어찌 보면 내가 하자가 있는 집을 판 것이 아닌가? 하여 집값으로 받은 돈의 절반이라도 돌려줘야 할 것 같아서 이리 왔네."
"……."
순간 나는 말문이 막히고 말았다. 전혀 예상하지 못했던 말이었기 때문이다.
"왜 그러는가?"

"저…… 뜻밖이라서 그렇습니다. 이렇게 찾아오신 분은 처음이라서."

그는 알겠다는 듯이 고개를 끄덕였다.

"사람의 욕심이라는 것이 있으니 그렇긴 하지. 하지만 나와 식솔들은 빨리 집을 비우라는 소단주의 말 덕분에 목숨을 건졌네. 어찌 보면 구명지은을 입은 셈인데, 찾아오지 않을 수가 있나. 오히려 다 돌려주지 못하고 반밖에 못 돌려주는 게 미안하네."

내가 상계에 있으면서 느낀 점은 돈의 액수가 커질수록 욕심 또한 커진다는 거다.

오걸건상도 마찬가지.

대규모 건축이라 더 욕심이 났을 거다.

그나저나 그에게서 산 저택의 값은 은자 천 냥.

원래 오백 냥인데 급하게 집을 비워 달라고 하기 위해 시세의 두 배를 치른 것이다.

천 냥의 반이면 무려 은자 오백 냥.

상당한 액수인데, 그걸 돌려주겠다고?

그는 품에서 전표를 꺼내 다탁 위에 올려놓았다. 내가 준 전표다.

세상에…… 이런 사람도 있구나.

본심이야 나도 잘 모른다. 열 길 물속은 알아도 한 길 사람 속은 모른다는 말이 있잖은가?

정말 그렇게 생각해서 내게 오백 냥을 돌려주는 것일 수도 있고, 하자 있는 집을 판 것 때문에 나중에 문제가 생길까 봐 선수 치는 것일 수도 있다.

에휴, 사람의 선의를 선의로 받아들이지 못하는 나도 문제이긴 하네.

이건 다 그만큼 빈틈만 보이면 등쳐 먹으려고 하는 놈들이 많아서 그런 거다.

그래도 나는 감동할 수밖에 없었다.

이유가 어찌 되었든 그걸 실제로 행동에 옮겼다는 것만으로도 대단하니까.

그리고 이런 분들과는 오래 알고 지낼 만하다.

이분이 이전 삶에서 어땠더라…….

당시 경황도 없었고, 또 유족들의 원성도 자자했기에 황제는 직접 합동으로 장례를 치러 주었다.

그때 유독 많은 이들이 조문했던 곳이 있었다.

지금 내 앞에 앉아 있는 경가의 가주의 위패가 놓여 있던 곳이었지.

그리고 사람들은 왜 그 좋은 사람이 그런 사고로 죽어야 했는지에 대해 하늘을 원망했었다.

그땐 내 앞의 경가의 가주와 접점이 없어서 몰랐는데, 왜 사람들이 그리 말했는지 알 것 같았다.

이렇게 좋은 사람이라면 더더욱 가깝게 지내야지.

나는 그 전표를 그의 앞으로 밀며 말했다.

"아닙니다. 이건 넣어 두십시오."

"허허, 이 사람이. 아니네. 받게."

"저는 받을 수 없습니다. 하자가 있는 집이라는 건 가주님도 모르지 않으셨습니까?"

"몰랐지. 알았으면 당장 나왔을 거네."

"그러니까요."

"하지만 내 양심상 그냥 다 받을 수가 없대도."

"아닙니다. 다시 가져가십시오."

그렇게 우리는 서로 갑론을박했지만, 쉽사리 결론이 나지 않았다.

"그러면 이렇게 하죠. 이 오백 냥은 저희 상단에 투자한 것으로 하겠습니다."

이런 자의 재산이라면, 불려 줄 가치가 있지.

내 제안에 경가의 가주는 고개를 끄덕였다.

"알겠네. 내 그 제안까지 거절한다면 오늘 내에 이 자리에서 일어나지 못할 것 같으니."

나는 곧바로 투자 계약서를 두 장 작성하고는 한 장을 그에게 건넸다.

그렇게 만족스럽게 일을 마무리한 후, 차를 마시며 그에게 물었다.

"아, 그런데 그 집의 건축을 의뢰한 곳이 어디입니까?"

"오걸건상(晤傑建商)이네."

그곳이 바로 이번 인재를 일으킨 주범이다.

"건설비가 얼마나 들었는지 여쭤도 되겠습니까?"

"은자 오백 냥에 의뢰했지."

컥!

나는 차를 뿜을 뻔했다.

이런 날강도들!
어? 나에게 처음 제시한 금액은 사백 냥이었는데?
하지만 급하게 비워 달라면서 내가 천 냥을 준 것.
"그런데 왜 사백 냥에 파시려고 한 겁니까?"
"새 집도 아니고 헌 집 아닌가? 지은 지 십 년 된. 그런데 어찌 새 집의 가격을 받겠나?"

허……
나는 두 번째로 감동했다.

.

.

.

그날 밤.
진영 대협이 내게 황궁무공을 지도해 주기 위해 방문했다.
수련이 끝난 후, 진영 대협은 나를 보며 흡족한 표정을 지었다.
"확실히, 자네에게는 무공에 대한 재능이 있어. 자네 사부에게 그런 말 들어 본 적 없나?"
"사부님께 그런 말씀을 들은 적은 있습니다만, 그냥 격려차 하시는 말씀이라고 생각했습니다."
"아니야. 자네는 정말 재능이 있네. 알지도 모르겠지만, 황궁무공을 익히는 이들은 대부분 기존에 무공을 익히고 있던 이들이네."

그렇겠지.

제각기 다른 무공을 익힌 자들을 하나로 묶기 위해 만든 것이 바로 황궁무공이니까.

"그리고 황궁무공의 진전이 이렇게 빠른 이는 처음이네."

"하하하."

나는 겸연쩍은 웃음을 지었다.

"이제 몇 달만 더 배우면 더 이상 나에게 배우지 않아도 되겠군."

"그럼 일부러 배우는 속도를 늦추어야겠군요."

"응?"

"앞으로도 계속해서 대협을 뵙고 싶으니까요."

내 말에 진영 대협이 흐뭇한 미소를 지었다.

"사범으로서는 혼내야 하는 말이지만, 기분은 좋군."

그러라고 한 말이다.

"이러니 폐하께서 아끼시는 거겠지. 오늘 수련은 여기까지 하고."

"가르침에 감사드립니다."

나는 얼른 포권하여 예를 갖추었다.

"상황을 설명해 주자면, 우선 오걸건상의 상단주가 자네 말대로 비밀통로를 통해 도주하려고 하더군."

"예상대로군요."

"그래. 자네가 언질을 준 덕분에 제때 추술을 사용하여 추적할 수 있었네."

일어날 일 〈123〉

"정말 다행입니다. 솔직히 그만한 죄를 지었으면 그 죗값을 받아야 하는데, 도망쳐서 떵떵거리며 산다면 속이 많이 탔을 겁니다."

나는 그에게 물었다.

"그래서 지금 그자는 어디에 있습니까?"

"뇌옥에 갇혀 있네. 그리고 십 년 전에 그 집들을 지을 때 준공검사를 한 이들은 전부 끌려오고 있다네."

보통은 뭔가 일이 터지면 소환장을 보내어 소명할 기회를 준다.

하지만 이렇게 죄가 확실하다고 판단되면 금군의 도사를 보내어 추포해 온다.

그래서 끌려온다는 표현을 쓰신 것.

정황이 늦게 파악된 이전 삶에서도 당시 비리를 저질렀던 그들은 황궁에 끌려와 제법 모진 고초를 당했었지.

황궁으로 끌려올 땐 두 발로 걸어 끌려왔지만, 나갈 땐 들것에 실려서 나갔다고 했던가.

당연히 가산도 반 이상이 몰수되었고.

뭐, 이번에도 별반 다르지 않을 거다.

"이번에 도찰원에서 공부를 탈탈 털고 있는데, 생각보다 어마어마하더군."

나는 속으로 쓴웃음을 지었다.

그동안 위에서 공부의 비리 사실을 위에서 모르고 있었을까?

설마 그럴 리가.

알고는 있었을 거다.

그저 눈을 감아 주고 뭔가 대가를 받았겠지.

원래 비리라는 건 연쇄적인 거다.

그리고 내 생각에 이번 공부의 비리도 황제는 알고 계셨을 거다.

다만 때를 기다리며 벼르고 계셨겠지.

그러니까 이렇게 일이 터지자마자 득달같이 달려들어 폭풍처럼 처리하시는 거다.

"아무튼, 지금 공부의 관리들은 전부 조사를 받고 있다네."

나는 고개를 끄덕이며 말했다.

"그것참 걱정이시겠군요."

"응?"

"폐하께서는 지금 마음 같아서는 공부의 관리들을 싹 다 처형하거나 노역형에 처하고 싶으실 겁니다. 하지만 그렇게 되면 공부의 일이 마비되니 이럴 수도 저럴 수도 없으실 테지요."

그게 바로 이상과 현실의 괴리라는 거지.

진영 대협은 나를 보며 감탄했다.

"역시 대단하군. 폐하께서 근심하고 계신 부분을 정확하게 짚었네. 역시 폐하를 향한 충심이 참 지극하군."

"부끄럽습니다."

"그래서, 자네라면 이 일을 어찌 처리하겠는가?"

나는 피식 웃었다.

"솔직히 노역형이라는 것이 꼭 광산 같은 곳에서 일해야 하는 법이 있습니까?"

"응?"

"그 직급은 그대로 두되, 봉급의 오 분지 일만 지급하는 겁니다. 그리고 나머지 봉급으로 벌금을 내게 하는 겁니다."

"그러면 고위직은 너무 빨리 끝나지 않겠나?"

나는 고개를 저었다.

"고위직일수록 더 크고 많은 비리를 저질렀을 테니, 더 많은 벌금을 물리면 됩니다."

"그것참 묘안이로군!"

"그리고 만약 일을 게을리하거나 하면 그 가족들을 광산 같은 곳에 보내 노역형에 처하게 한다고 하십시오. 그러면 다들 열심히 몸을 갈아 일할 겁니다."

내 말에 진영 대협이 고개를 갸웃했다.

"죄를 지은 건 그 아버지인데 그 가족들이 그리해야 한다니! 너무 잔인한 것 아닌가?"

"그 돈으로 잘 먹고 잘살았잖습니까?"

"아…… 그건 그렇군."

"그리고 만약 무너진 집에 누군가 살고 있었다면, 그로 인해 과부나 고아가 된 자들이 생겼을 텐데 그게 불합리하다고 하면 피해를 본 그들은 이를 욕할 겁니다."

"하긴……."

"그리고, 그 죄를 지은 자가 열심히 일하면 가족들이

노역을 할 일은 없습니다."

내 말에 진영 대협은 고개를 끄덕였다. 그리고 나를 바라보는 눈빛이 마치 황금을 바라보는 듯한……

이크!

나는 얼른 고개를 숙이며 말했다.

"이는 소상의 부족한 견해일 뿐이니, 너무 귀담아듣지 않으셔도 괜찮습니다."

하지만 이미 진영 대협은 내 말을 전부 귀담아들은 듯한 표정이다. 젠장.

.
.
.

그 후로 한 달이 지났다.

어느새 시월 중순이다.

세간에서는 이번 일에 대해 이러쿵저러쿵 말이 많았다.

그리고 내게 집을 판 자들 중에 나를 찾아와 판매금의 일부를 돌려주겠다고 한 자는 경가의 가주가 유일했다.

사실 이게 보통 사람들이기는 하다.

그래서 내가 그에게 감동한 거지만.

솔직히 알았든 몰랐든 하자 있는 집을 판 모양새가 된 것이니만큼 돈의 일부를 돌려주는 것이 도의이긴 하다.

하지만 이익 앞에 도의를 지키는 자는 생각보다 그리 많지는 않다.

그렇다고 내가 그 돈을 넙죽 받을 사람도 아니지만.

최소한 내 덕분에 목숨을 건졌으면 고맙다고 인사라도 할 법한데 말이지…….

"도련님. 이제 슬슬 새로 건물을 지을 건상을 알아봐야 하는 거 아닙니까요?"

팔갑의 말에 나는 고개를 끄덕였다.

"그렇지. 하지만 의뢰는 나중에 할 거야. 어차피 이제 곧 겨울이라서 공사 시작도 못 하잖아."

"그렇긴 합니다요."

"그리고 내 돈을 더 써서 건물을 지을 생각은 없어. 배상금을 받아서 건물을 지을 생각이야."

"역시 도련님이십니다요. 그러고 보니 판결은 언제 난다고 합니까요?"

팔갑의 물음에 나는 며칠 전 진영 대협에게 들었던 말을 떠올렸다.

"아마 사오 일 안에 판결이 나지 않을까?"

그건 사오 일 안에 내 소견을 듣기 위해 황궁에서 부를 거라고 했기 때문이다.

그리고,

"주군. 황궁에서 사람이 왔습니다."

호위를 서고 있던 창운 무사의 목소리가 들렸다.

생각보다 빨리 부르네.

.
.
.

다음 날, 나는 황궁으로 향했다.

위사를 통해 안에 알리니, 누군가 나를 데리러 왔다.

"은서호 소단주이십니까?"

"네, 그렇습니다."

"저는 도찰원 소속의 강을진이라고 합니다. 우선 심심한 위로를 드립니다."

나에게 존대를 하는 것을 보니, 하급 관리인 듯하다.

아무리 내 유명세가 퍼졌다고 해도 어느 정도 고위 관리라면 저렇게까지 공손하게 나오지 않으니까.

"감사드립니다."

"저를 따라오십시오."

"네."

나는 그를 따라 도찰원으로 향했다. 그리고 나는 그곳에서 반가운 얼굴을 만났다.

지금은 좌첨도어사로 계신 황본지 학사였다.

도찰원의 삼인자 정도 되는 직급.

나는 반가워하는 대신, 살짝 눈인사만 건넸다.

"여기서 잠시 기다리십시오."

그의 말에 따라 잠시 접빈실에 대기하다가, 그를 따라 한 전각으로 향했다.

그곳에는 고관으로 보이는 복장의 인물들이 여럿 앉아 있었다.

나는 공손하게 포권했다.

"소상이 대인들을 뵙습니다."

"앉게나."
"네."
나는 자리에 앉아 나를 바라보는 이들의 면면을 살폈다.
도찰원과 금의위, 그리고 다른 부서의 고관들인 듯했다.
이번 일에 대한 판결을 맡은 이들이겠지.
이렇게 큰일은 황제가 임명한 다섯 명 정도의 이들이 의논하여 이를 판결하니까.
"우리가 이렇게 자네를 부른 이유는, 이번 일에 대해 몇 가지 의견을 들을 것이 있기 때문이네."
그들 중 가운데 있는 이가 먼저 입을 열었다.
"먼저, 그 집들에 하자가 있음을 알고 구매한 것인가?"
"네? 그럴 리가 있겠습니까? 하자가 있음을 알았다면 시세의 두 배 이상을 주고 구매하지 않았을 겁니다."
물론 알고 있었지만, 그리 말할 순 없잖아.
"각 집마다 은자 천 냥씩 지불하고 구매했습니다."
"헉!"
내 대답에 그들은 입을 떡 벌렸다.
"그, 그럼 육천 냥……."
"총 열 채를 사들였으니 은자 만 냥입니다."
"……."
"나머지 네 채의 집들도 하자가 있다고 들었습니다. 이거 이만저만 손해가 아닙니다."
내 말에 그들은 고개를 끄덕였다.
그때 누군가 의문을 제기했다.

"그런데 어째서 그렇게 비싸게 산 것인가? 아까 말했던 대로 그 집들의 정가는 절반 정도밖에 되지 않을 텐데?"

"급하게 집을 비우길 원했기 때문입니다. 겨울이 되기 전에 보수 공사를 시작할 생각이었거든요."

나는 말을 이었다.

"그러면 그 집의 주인들 역시 급하게 집을 구해야 하니, 웃돈을 얹어 준 것뿐입니다."

"음, 그런가?"

"덕분에 인명 피해가 나지 않아서 천만다행입니다. 아니 그렇습니까?"

"그, 그건 그렇지……."

나는 그들에게 물었다.

"제가 알기로는 하자 있는 건축물로 인해 금전적인 피해를 보게 되면 그 하자와 관련된 자에게 배상을 요구할 수 있다고 알고 있습니다."

내가 미리 법전을 찾아봤다.

법을 잘 알아야 손해를 보지 않기에 상단에는 항상 법전이 구비되어 있다.

물론 이 정도는 이미 알고 있기도 하고.

"그렇긴 하지."

"그럼 제가 본 손해에 대한 배상을 요구해도 되겠습니까?"

내 말에 그들이 물었다.

"얼마의 배상을 요구하는가?"

"여기, 목록을 작성해 왔습니다."

나는 옷소매에서 두루마리 하나를 꺼내 그들에게 제출했다.

내가 정성 들여 작성한 배상 요구 목록이다.

"……."

이를 읽어본 이들은 말문이 막힌 듯 침음성만을 흘렸다.

하지만 반론을 제기할 수는 없을 거다.

전부 상식적인 범위 내에서, 그리고 법의 정당한 범위 내에서 책정한 목록이거든.

건물에 대한 배상, 무너진 건물을 치우기 위해 들어가는 돈에 대한 배상, 또 건물을 다시 짓기 위해 들어가는 돈에 대한 배상 등등…….

건물 한 채에 삼천 냥.

무너진 건물들이 여섯 채니 총 일만팔천 냥이다.

거기에 무너지지 않은 집들을 다시 부수고 새로 지어야 하니 그에 대한 것도 추가했다.

한 채에 은자 삼천오백 냥씩.

무너지지 않은 건 네 채이니, 일만 사천 냥이다.

도합, 삼만 이천 냥이다.

"솔직히 이번 일로 인해 사람들 사이에서 저주받았다느니 천벌을 받았다느니 하는 소문이 돌고 있습니다. 하지만 그건 그로 인해 본 손해는 뺀 금액입니다. 그것까지 따지면 집 한 채에 오천 냥도 모자랍니다."

나는 말을 이었다.

"이렇게 제가 입은 손해를 배상받기를 요청하는 바입니다."

·

·

·

며칠 후.

최종 판결이 내려졌다.

우선 비리를 저지른 공부의 관리들에게는 노동형이 내려졌다.

이번에 황제의 명으로 신설된 형으로, 열심히 일해서 벌금을 갚는 형태의 형벌이다.

내가 제안한 형벌을 그대로 반영하신 것.

아, 황제가 얼마나 많이 웃었을지 생각하니 갑자기 속이 쓰리네.

이전 삶에서 공부 관리 중 죄질이 심한 자들을 제외하고 대부분이 가벼운 벌금형에 그쳤었다. 그건 이상과 현실의 괴리 때문이었다.

하지만 노동형에 처해지면서 그들은 죗값을 톡톡히 치르게 되었다.

아마 그 벌금을 다 갚으려면 적어도 십 년은 뼈 빠지게 일해야 할 거다.

그리고 오결건상의 상단주와 비리에 관련된 이들은 노역형에 처해졌다.

지난 삶에서는 사형을 피할 수 없었지만, 이번에는 그

나마 사람이 죽지 않았으니 노역형이다.

그래도 아마 평생 광산에서 썩어야 할 거다.

딱히 안타깝지는 않다.

그들 스스로가 만든 결과이니, 자업자득인 셈이지.

그렇게 비리로 얻은 재물로 호화로운 삶을 즐겼으니, 그에 대한 대가를 치러야 하지 않겠는가.

아울러 상단의 재산은 전부 몰수되었고, 그 재산 대부분은 내 배상금으로 사용되었다.

나머지는 하자 있는 집을 지었던 이들에게 배상금으로 돌아갔지만, 그 금액은 그리 많지는 않았다.

이미 집을 팔았고 그 와중에 두 배의 이득을 얻었다는 것이 반영된 것이다.

하지만 경가의 가주는 오백 냥의 배상금을 받았는데 그건 나에게 돈을 돌려줬음을 내가 말했기 때문이다.

그 와중에 다른 건상들의 비리도 드러났고, 그 비리를 저지른 건상들은 막대한 배상금을 내며 몰락하고 말았다.

아무튼, 그렇게 나는 이번 일로 인해 은자 일만 냥을 투자하고 이만 이천 냥을 더 벌었다.

내가 요구한 금액이 다 나온 건 솔직히 내 뒤에 황제가 계시기 때문이겠지.

역시 황제 폐하 최고다.

하지만…… 조심해야 한다.

언제 업무 노예로 끌려갈지 모르니까.

산동에서

날씨가 선선해지면서 본격적인 가을로 접어들었다.

나들이하러 가기 좋은 날씨였지만, 나들이는 무슨…….

나는 매일매일 쏟아져 들어오는 업무를 처리하느라 바빴다.

"그래도 요즘 웃고 다니셔서 보기 좋네요."

서향 소저의 말에 나는 고개를 끄덕였다.

"아휴, 그럼요! 제가 산 저택들이 무너지긴 했지만, 배상금도 두둑하게 받았고 사업도 잘 풀리고 있으니까요."

"하긴, 그러네요."

서향 소저가 업무에 완전히 적응한 덕분에 나는 보고를 받고 결재만 하면 되었다.

그때 집무실의 문이 열리고 팔갑이 들어왔다.

"도련님, 서신이 왔습니다요."

"서신?"

"네. 상단주님께로부터 온 서신입니다요."

"아버지께서?"

나는 고개를 갸웃하며 서신을 받아 읽어 내려갔다.

이번에 내가 산 저택들에 대한 일이 잘 해결되어서 다행이라는 그런 위로와 격려 등이 적혀 있었다.

하지만 가장 중요한 건 그게 아니었다.

[이번 백대상단 회합이 산동성에서 열린단다. 하여 산동성으로 가야 하는데, 이쪽 일이 바빠 정호가 갈 수 없어 너와 함께 가고자 한다. 그러니 그리 알고 준비하도록 해라.]

아…….

그러고 보니 저번 동지 때 발표된 순위에서 세빈상단은 한 단계 밀려나고 말았다.

그리고 그 자리를 차지한 곳은 원래 두 번째였던 산동의 백염상단.

그들의 주력 사업은 철이었는데, 중원에 유통되는 대부분의 철과 철기를 거래하고 있었다.

백염상단이 없으면 바늘 하나 손에 넣기 힘들다는 말이 나올 정도.

물론 과장된 말이긴 하지만 그 정도로 엄청난 곳이다.

백염(白炎)이란 말 그대로 하얀 불꽃이라는 의미다.

철을 만들기 위해서는 상당한 고온으로 불을 피워야 했고, 그때 하얀색의 불꽃이 피어올라야 고품질의 철을 만들 수 있다나?

그래서 고품질의 철을 만드는 것을 지향한다는 의미로 상단 이름을 백염상단으로 지었다고 한다.

그 이름대로 고품질의 철을 생산하고 유통하는 이들이었기에 세빈상단과 천하제일 상단을 두고 엎치락뒤치락하는 사이였다.

이를 보며 다시금 깨달았다.

역시 천하제일 상단이라는 자리는 한시라도 안주했다가는 지킬 수 없는 자리라는 것을.

아무튼, 백염상단의 본단이 있는 곳은 산동성이니 그곳에서 백대상단 회합이 열린다는 거군.

그리고…… 내가 참석해야 한다는 의미고.

다른 사람들은 나를 안쓰럽게 여길 수도 있겠지만, 나는 속으로 쾌재를 불렀다.

안 그래도 산동에 가야 할 일이 있었는데, 어떻게 하면 산동에 다녀오겠다고 할 수 있을지 고민하던 참이었다.

그런데 이렇게 기회가 오다니!

내가 이번 백대 상단 회합에 대해 생각하지 못한 건 아니었다.

다만 정호 형이 본격적으로 차기 상단주로서의 행보를 시작해야 하는 만큼, 이번 회합에는 정호 형이 가야 한다고 생각했다.

그래서 내가 갈 생각을 하지 않은 것이다.
"무슨 서신인데 그리 기분이 좋으십니까요?"
팔갑의 말에 나는 서신을 접으며 말했다.
"아버지의 서신이잖아."
그리고 슬쩍 서향 소저의 눈치를 봤다.
지금 무림맹의 눈을 피해 목숨을 부지하고자 아버지인 귀주성 포정사와 본의 아니게 생이별 중이다.
그런 만큼 괜한 말로 그 마음을 심란하게 할 수도 있었으니까.
그런 내 마음을 알아차렸는지 그녀는 미소 지으며 말했다.
"저는 괘념치 않으셔도 괜찮아요."
"……."
"매번 그렇게 제 눈치를 보시면 제가 더 불편하니까요. 저는 정말 괜찮아요."
나는 한숨을 내쉬며 뒷목을 긁적였다.
"후, 제가 소저를 불편하게 만들었나 봅니다. 송구합니다."
"괜찮아요."
"앞으로 주의하겠습니다."
그녀에게 사과하고는 팔갑에게 말했다.
"산동으로 갈 준비해 둬. 부모님이 오시면 함께 산동으로 갈 거니까."
"알겠습니다요."

"그리고 서우 무사님하고 지부장님 좀 불러 줘."
잠시 후.
서우 무사와 은 지부장이 집무실로 들어왔고, 나는 그들에게 조만간 산동으로 가야 할 것 같다고 말했다.
"그러니, 지부장님."
"네."
"아버지께서 오시면 분명 전반적인 것을 살펴보실 거에요. 이에 대해 철저하게 준비해 주세요."
"알겠습니다. 미리 알려 주셔서 감사합니다."
그는 내가 아버지가 오실 것을 미리 알려 준 것에 대해 정말 감사해하는 표정이었다.
"그럼, 저희 호위무사들도 준비하도록 하겠습니다."
"네. 부탁드립니다."

서신을 받고 약 닷새 후.
북경지부에 부모님께서 도착하셨다.
미리 연락을 받고 대문 앞에 나가서 기다리고 있던 나는 저 멀리서 다가오는 이들이 들고 있는 깃발에 새겨진 문양을 보며 미소 지었다.
"오시는군요."
"네. 예상한 시간에 정확히 오시는군요."
북경지부의 은 지부장이 고개를 끄덕였다.
달과 그 아래 물결을 형상화한 문양.
은해상단의 문양이었기 때문이다.

곧 마차가 멈추었고, 아버지와 어머니가 마차에서 내렸다.

나는 다가가 고개를 숙이며 인사했다.

"먼 여로에 고생 많으셨습니다. 별일은 없으셨지요?"

"그래, 우리 둘 다 건강하다. 그리고 집안도 무탈하고."

"다행입니다."

이어서 은 지부장이 고개를 숙여 인사했다.

"상단주님과 대부인을 뵙습니다."

"오! 은 지부장님. 수고가 많으십니다. 이렇게 멋진 지부를 짓느라 고생 많으셨습니다."

"고생은 제가 아니라 은서호 소단주님께서 하셨습니다. 저는 그저 보필만 했을 뿐입니다."

"그게 중요한 것입니다."

나는 멋쩍은 미소를 지었다.

이렇게 내 얼굴에 금칠을 해 주시니, 뭔가 부끄럽네.

나는 민망함을 감추고자 화제를 돌렸다.

"어서 안으로 들어가시지요. 피곤하실 테니 처소로 안내해 드리겠습니다."

내 말에 아버지는 고개를 저으셨다.

"괜찮다. 그 전에 새로 지어진 북경지부를 구경하고 싶구나. 당신은 어떻게 하겠소?"

아버지의 물음에 어머니가 상기된 얼굴로 대답하셨다.

"저도 북경지부를 구경하고 싶습니다."

"그럼, 제가 지부 곳곳을 안내해 드리겠습니다."

나는 부모님께 북경지부를 안내해 드렸다.

"이곳은 차장입니다. 상행의 시작과 끝인 장소죠."

"오! 본단과 무척 흡사하구나."

"네. 본단의 차장이 가장 효율적인 곳이니까요."

북경지부는 제법 넓었기 때문에 전부 안내하는 데 거의 반 시진 이상이 걸렸다.

그렇게 북경지부를 다 둘러본 부모님께서는 무척이나 흡족해하셨다.

특히 상단을 직접 운영하는 아버지께서는 흡족함을 넘어 감격스러워하셨다.

"이렇게 북경에, 이렇게 큰 지부를 세우다니! 그것도 내가 상단주 자리에 있을 때…… 나는 내 대에는 이루지 못할 일이라고 생각했다."

"에이, 아버지. 이 정도로 그렇게 감격하시면 어떡합니까?"

"응?"

"우리 상단은 더 커질 것이고, 이 북경지부 역시 더욱 커질 겁니다. 그러니 감격하시는 건 아껴 두시지요."

"그래그래."

고개를 끄덕인 아버지가 서우 무사 옆에 있던 자령 소저, 아니 서향 소저를 보더니 그녀에게 다가갔다.

"오! 그래, 서향아. 일은 적응이 잘 되었느냐?"

마치 초면이 아닌 듯 반가워하는 모습.

그건 내가 일전에 아버지에게 부탁드린 것이었다. 서향

소저를 만나면 그녀를 아는 척해 달라고.
 혹시 모를 무림맹의 눈을 완벽히 속이기 위함이다.
 그 물음에 이미 내 언질을 받은 서향 소저는 당황하지 않고 빙긋 웃으며 말했다.
"상단주님을 뵙습니다. 소단주님께서 일을 잘 알려 주셔서 부족하지만 잘 적응하고 있습니다."
"다행이구나!"
"제법 일 처리가 마음에 드는 부관입니다."
"네가 그리 말할 정도라니! 곽 표두가 추천할 만하구나."
 나는 하늘을 보았다.
 해가 조금씩 서쪽으로 기울고 있었다.
"시장하실 텐데, 어서 씻고 식사 하시지요."
"아, 그래야겠구나."
 그때 은 지부장이 얼른 나섰다.
"두 분의 숙소로 안내해 드리겠습니다."
"부탁하네."
 그렇게 부모님은 지부장의 뒤를 따랐다. 나는 그 뒷모습을 바라보았다.
 아버지의 뒷모습만 봐도 지금 상당히 기분이 좋으시다는 것을 알 수 있었다.
 그렇겠지.
 이렇게 북경에 커다란 지부를 세운다는 건, 그만큼 상단의 위상이 올라갔다는 뜻이니까.

"참 좋으신 분이세요."

"네?"

내가 반문하자, 그녀가 살포시 웃으며 다시 말했다.

"상단주님 내외분이요. 참 좋으신 분이라는 생각이 드네요."

나는 고개를 끄덕였다.

"저 역시 그리 생각합니다."

그리 대답하며 나는 아버지의 뒷모습을 바라보았다.

아직 아버지께 말씀드리지 않은 것이 있다. 그건 이번에 내가 사들인 북경의 저택들의 규모다.

지금 아버지께서는 내가 저택을 샀는데 그게 무너졌고 어찌어찌하여 배상금을 받아 냈다는 것까지만 알고 계셨으니까.

내가 지금 그걸 아버지께 말씀드리지 않은 건, 아버지께서 너무 기쁜 나머지 심장에 무리가 가지 않을까 걱정되었기 때문이다.

.
.
.

다음 날부터 부모님은 분주하게 움직이셨다.

우선 아버지는 우선 북경지부의 서류들을 살펴보셨다.

누군가를 믿는 것과는 별개로, 상단주가 직접 서류들을 살펴봐야 한다는 것이 대대로 내려오는 상단의 지침이니까.

그러고는 연준상단에 가서 고모님 내외분을 만나고, 북경의 다른 지인들을 만나면서 시간을 보내셨다.

그렇게 사흘이 지났고, 드디어 산동으로 출발할 때가 되었다.

북경에서 산동까지는 대략 나흘 정도 걸리는 여정이다.

관도가 잘 닦여 있는 덕분에 거리에 비해 시간이 적게 걸리는 편이다.

"그럼, 잘 부탁드립니다."

"네. 걱정하지 마십시오."

여창의 부국주가 자신의 가슴을 손으로 두들기며 말했다.

"제가 누굽니까? 부국주입니다!"

"네, 압니다. 아, 그리고 서향 소저도 잘 부탁드립니다."

"그 역시 저만 믿으십시오!"

이번에 서향 소저는 북경에 머물기로 했다.

아직 몸이 완전히 회복된 건 아니었기에 무리해서는 안 되었으니까.

그리고 백대 상단의 회합이다.

혹시라도 백천상단의 사람이 서향 소저에게 관심을 보이면 곤란하다.

물론 관심을 좀 보인다고 해서 들킬 리는 없지만, 혹시 모르니까.

상당히 아리따운 만큼 다른 의미로도 위험하고.

"그럼, 다녀오겠습니다."

"네. 조심히 다녀오세요."

그렇게 우리는 산동성으로 출발했다.
달그락, 달그락.
마차에 탄 내 귀에 마차 바퀴 굴러가는 소리가 들렸다.
일행에 포함된 마차는 두 대였다.
앞선 마차에는 부모님께서 타셨고, 뒤의 마차에는 나와 팔갑이 탔다.
내가 부모님과 함께 마차에 타지 않은 건, 지금 마차 안에 쌓여 있는 서류 때문이다.
일부러 마차에 서류를 최대한 실었다.
솔직히 이동하는 마차에서 멍하니 뭘 하겠는가? 일이라도 해야지.

산동까지의 여정은 그리 힘들지 않았다.
관도도 잘 닦여 있었고, 중간중간 객잔도 있었으니까.
그렇게 나흘에 걸친 여정 끝에 산동성의 성도인 제남에 도착했다.
역시, 산동이라서 그런지 시원하군.
하지만 겨울에는 건조하고 추운 곳이다.
우리는 제남의 한 객잔에 도착했다. 아버지의 부관이 미리 잡아 놓은 객잔이다.
객잔의 이름은 청산객잔.
태산의 푸름을 딴 이름 같았는데, 그 이름처럼 녹색의

물건이나 비단들이 곳곳에 사용되고 있는 게 보였다.
 물론 상당히 크고 넓은 고급객잔이다.
"어서 오십시오!"
"환영합니다."
 우리가 도착하자 객잔에서 객잔주와 점소이가 나와 우리를 맞이했다.
 현재 우리 은해상단의 순위는 삼십오 위.
 이 정도 의전을 보여 줄 가치가 있다는 거겠지.
"이리 환영해 주니 감사하네."
"먼 길에 고생하셨습니다. 안으로 드시지요."
 물론, 그만큼 우리가 이 객잔에 쓰는 돈이 제법 많기도 하고.
 아버지께서는 부관에게 백염상단에 우리의 도착을 알리라고 하였다.
 그리고 우리는 객실로 향했다.
"객실을 확인하겠습니다."
 서우 무사의 말에 나는 고개를 끄덕였고, 문을 열고 안으로 들어갔다.
 그리고 명종 무사와 이필 무사를 제외하고 다른 무사들 역시 객실 안으로 들어가 샅샅이 살폈다.
 점소이는 익숙한 듯 그러려니 하는 표정으로 우리를 기다려 주었다.
 상단을 운영하다 보면 기상천외한 위협에 시달린다. 그러니 미리미리 이렇게 안전을 확보하는 거다.

물론 나나 내 호위무사들의 실력으로는 별 문제가 없을 테지만, 혹시 모르는 일이니까.

괜히 내 존재감을 드러내고 싶지도 않고.

"확인되었습니다."

"들어가셔도 됩니다."

"수고하셨습니다."

나는 객실 안으로 들어갔고, 점소이가 팔갑에게 이런저런 것들을 설명했다.

"그리고 이 설렁줄을 당기시면 제가 즉시 달려오겠습니다. 그럼 편안한 시간 되십시오."

그렇게 점소이가 나가고, 나는 호위무사들에게 말했다.

"막 도착해서 피곤하시겠지만, 잠시 나갔다 오려고 합니다."

"따르겠습니다."

나는 아버지께 허락을 받은 후 객잔을 나섰다.

내가 첫날부터 이렇게 밖으로 나온 건 내가 산동에 오고자 했던 이유 때문이다.

이곳에서 나는 사람을 하나 얻어야 한다.

나는 과거로 돌아와서 내가 얻어야 할 인재들의 목록을 정리해 놓았다.

물론, 중간중간에 예상하지 못했던 인재들이 툭툭 튀어나와 즐겁지만 말이다.

아무튼, 내가 얻을 인재는 이미 인재 목록에 들어와 있는 자이다.

그리고 그는 지금…… 어?

내가 당황한 이유는, 저 앞에서 걸어오고 있는 인물 때문이었다.

남궁강.

백천상단의 상단주다.

내가 알기로 백천상단은 오 년에 한 번씩 무림맹의 중진들이 모여 상단주의 자격을 심사한다.

백천상단은 무림맹의 자금으로 운영되는 상단인 만큼 중진들의 의견이 상당히 중요하다.

그리고 그 중진들은 백천상단에 일정 이상의 분담금을 내는 이들인 만큼, 관심이 많을 수밖에 없다.

재투자되는 것을 제외한 이익은 그들의 주머니로 들어가니까.

작년 가을에 남궁강의 판단으로 금창약의 가장 중요한 재료인 어골분과 석회가루를 매점매석하려 했었다.

하지만 내가 제때 대처한 덕분에 그들은 금전적으로 상당히 큰 손해를 보았고, 위상도 많이 깎였었다.

그로 인해 남궁강의 입지가 상당히 불안해졌다고 들었다.

하지만 저렇게 위풍당당하게 걸어오는 것을 보니 또다시 유임에 성공했나 보네.

하긴, 이전 삶에서도 끈질긴 자이긴 했다.

그리고 그 정도로 쉽게 해임된다면 재미없지.

갚아 줄 것이 엄청 많은 만큼 앞으로가 더 재밌어질 텐데 말이지.

아…….

문득 떠오른 생각에 살짝 멈칫했다.

"왜 그러십니까?"

서우 무사가 나에게 물었고, 나는 표정을 관리하며 작은 목소리로 대답했다.

"저 사람이 제 경지를 알아차리지 않을까 싶어서요. 지금 피할 수도 없고……."

"그거라면 걱정하지 않으셔도 됩니다."

"네?"

"설명은 이따 드리겠습니다. 우선 침착하게 응대하시죠."

곧 우리는 가까워졌고, 내가 먼저 인사를 했다.

"아! 백천상단의 상단주님 아니십니까?"

그는 인자한 미소를 띤 채 내 인사를 받아주었다.

"아, 은해상단의 소단주로군!"

"기억해 주시다니! 영광입니다."

"하하하, 뭐 영광이랄 것까지 있나? 그래, 여기에 와 있는 것을 보니 자네도 이번 회합에 참석하기 위해 온 것인가 보군."

"네, 맞습니다. 이렇게 상단주님도 뵙고, 오길 잘 한 듯합니다."

"이 사람이, 내 얼굴에 금칠을 해 주는군. 허허허."

그는 호방하게 웃었다.

그래, 웃어라.

복수를 위해서라면 얼마든지 얼굴에 금칠 정도는 해 줄 수 있다.

"아, 발걸음이 분주하신 걸 보니 바쁜 일이 있으신 것 같은데, 제가 너무 오래 붙잡은 것 같습니다."

"아닐세. 나도 반가웠네."

"그럼 살펴 가십시오."

"다음에 보세나."

그렇게 남궁강 상단주는 다른 이들과 함께 다시 분주하게 가던 길을 갔다.

나는 그 뒷모습을 바라보았다.

지금 내 경지는 초절정.

덕분에 나 역시 그의 경지를 알 수 있었다. 그의 경지 역시 초절정이다.

역시 남궁세가.

저 정도의 자질을 가지고도 가문 내에서 자리가 없다고 판단하다니.

그는 젊었을 적부터 무공으로는 가문 내에서 큰 영향력을 가질 수 없다고 여기고 상단 쪽으로 방향을 틀었다고 들었다.

하긴 남궁세가에는 초절정의 고수도 여럿이고, 현 가주도 화경의 고수니까.

아무튼, 서우 무사가 걱정하지 말라고 해서 그와 만나

인사를 나누긴 했는데…….

정말 내 경지를 알아차리지 못한 건가?

알아차렸다면 저렇게 평온한 얼굴일 리가 없다. 솔직히 지금 내 나이에 초절정이라는 건 있을 수 없는 일이니까.

"이제 설명 부탁드려도 되겠습니까?"

내 물음에 서우 무사가 고개를 끄덕였다.

"예. 솔직히 말해서 저희는 주군의 정확한 경지에 대해 모릅니다. 이전에도 그랬지만, 지금은 더 알기 어렵습니다."

"네? 전에 북해에서 제 경지에 대해 모두 알고 있다고 하시지 않았습니까?"

서우 무사가 고개를 저으며 답했다.

"그건 저희가 주군의 경지를 가늠한 게 아니라, 당시 주군께서 새로운 경지에 오르는 모습을 봤기 때문입니다."

"네?"

"물론 무공을 쓰시는 모습을 본다면 그 경지를 알아차릴 수 있긴 할 겁니다. 하지만 그냥 봐서는 모릅니다. 마치 평범한 사람을 보는 것과 진배없습니다."

이전에는 그런 거 없었는데?

그런데 그게 이전부터 그랬다고?

"이전에도 제 경지에 대해 아셨지 않나요?"

"그건 말씀드렸다시피 무공을 쓰시는 것을 보고 알게 된 겁니다."

나는 고개를 돌려 다른 호위무사들을 보았다.

"서우 무사님의 말대로 저도 겉으로만 봐서는 주군의 정확한 경지를 알 수 없습니다."

진유 무사의 말에 모두 고개를 끄덕였다.

저들이 나에게 거짓말을 할 이유가 없다. 그리고 남궁강 상단주의 반응도 그렇고.

어…… 그러고 보니 이전에도 남궁강 상단주는 내 경지에 대해 전혀 모르는 눈치였지.

그가 내 경지를 알게 된 건 용봉비무회에서 내가 영웅으로 추앙받게 된 사건 때였다.

그렇다면…….

좋은데?

나는 씩 웃었다.

이유야 어찌 되었든, 내 경지를 무림맹 쪽에서 잘 모른다는 것은 좋은 일이다.

나는 내 호위무사들에게 전음을 보냈다.

- 아직 제 대외적인 수준은 절정입니다. 이번에 초절정에 오른 건 계속 비밀로 해 주십시오.

내 전음에 그들은 알겠다는 듯 포권해 보였다.

그나저나 남궁강 상단주는 무슨 일이기에 저렇게 서두르는 거지?

내 촉이 그 뒤를 밟으라고 말하고 있었다.

나는 그 뒤를 따르기 시작했다.

잠시 후,

남궁강 상단주 일행을 따라서 도착한 곳은 제남의 번화
가는 아니었다.
　번화가에서 살짝 벗어난 곳인데, 그곳에 삼 층짜리 주
루가 있었다.
　금계루(金鷄樓).
　그들은 그 안으로 들어갔고, 우리 역시 그곳에 자연스
럽게 들어갔다.
　그때 내 귀에 일 층의 손님들의 대화가 들려왔다.

　"역시 제남에서 매운 닭찜은 여기서 먹어야 해. 너무
외진 곳이라 사람들이 몰라 주는 것뿐이지."
　"오! 과연 자네가 그리 말할 만하군!"
　"이런 맛있는 음식에 술 한 잔 걸쳐야 하는데 금주령
때문에 그러지 못해서 아쉽네."
　"그러게."

　왜 주루 이름이 금계루인가 했더니, 이유가 있었군.
　매운 닭찜 요리는 산동성의 유명한 요리 중 하나다.
　대체 얼마나 맛있기에 저러지?
　나도 한번 먹어봐야겠네.
　그때 점소이가 우리에게 다가왔다.
　"어서 오세요. 몇 분이세요?"
　"여덟 명입니다."
　나는 남궁강 상단주 일행이 삼 층으로 올라가는 것을

확인한 후 물었다.

"위층에 혹시 자리가 있습니까?"

"지금 삼 층은 전체를 빌리신 분이 있어서 이 층만 가능합니다."

역시 철저하군.

"그럼 이 층으로 가겠습니다."

우리는 이 층의 난간 쪽에 자리를 잡고 음식을 주문했다.

"여기 매운 닭찜 요리가 유명하다고 하던데."

"네! 맞습니다! 저희 금계루에서 가장 유명한 요리입니다!"

"그럼 그걸로 주시고, 차는 알아서 주십시오."

"알겠습니다요."

그렇게 그곳에서 본의 아니게 닭찜을 먹게 되었다.

음식을 기다리는 동안 나는 삼 층을 향해 기감을 집중했다.

이런저런 잡다한 대화가 들려왔다. 하나같이 영양가 없는 이야기들.

그러는 사이 우리 식탁에 음식이 차려졌다.

"맛있게 드십시오."

"감사합니다."

나는 모두에게 말했다.

"먹죠."

"잘 먹겠습니다요!"

"잘 먹겠습니다."

그렇게 매운 닭찜을 한 입 먹은 순간, 나는 깜짝 놀라고 말았다.

와! 이거 왜 이렇게 맛있어?

이전 생과 이번 생을 통틀어 먹어 본 매운 닭찜 요리 중에서 가장 맛있었다.

아까 이 요리에 대해 말했던 일 층 손님들의 대화는 전혀 과장이 아니었다.

오히려 축소된 듯했다.

"와! 겁나게 맛있습니다요!"

팔갑의 말에 다른 호위무사들도 동의하며 음식을 먹어 치우기 시작했다.

그런데 이전 삶에서 내가 이쪽으로 종종 왔었지만, 금계루는 본 적이 없었다.

게다가 이렇게 맛있는 음식을 만드는 곳이라면 내가 모를 리가 없…… 헉!

내가 이럴 때가 아닌데.

음식에 정신이 팔리게 할 만큼 무서운 맛이었다.

나는 얼른 정신을 차리고 대화에 집중했다.

다행히도 이제야 본론으로 들어가는 분위기였다.

"그래서, 제가 그 노인네를 흔들면 되는 겁니까?"

"그렇게만 해 주면 되네."

"그런데 생각해 보니, 제가 너무 손해 보는 것 같습니다. 아시다시피 그 노인네는 웬만한 일로 흔들리지 않으

산동에서 〈157〉

니 말입니다. 하여 위험을 감수해야 하는데, 제시하신 금액이 너무 적은 것 같습니다."
"그게 적다고?"
"이왕 주시는 거 백 냥만 더 얹어 주시죠."
"알겠네. 까짓거 백 냥, 더 주지."
"감사합니다. 그리고 제가 상단주님의 상단에 가면 대행수 자리 주신다는 약조도 반드시 지켜 주십시오."

얼핏 들어도 뭔가 구린내가 풍기는 대화였다.

"그럼 우리는 이만 가도록 하지."
"살펴 가십시오."

나는 얼른 아무것도 모르는 척 음식에 집중했다.
"와, 이거 진짜 맛있다."
"그러게 말입니다요. 이거 하나 더 시켜도 됩니까?"
"아휴, 그럼. 내가 그렇게 음식 가지고 쪼잔하게 굴지 않는다고."
내 말에 팔갑이 환한 미소를 짓더니, 점소이를 불러 매운 닭찜 요리를 추가로 주문했다.

* * *

남궁강 상단주는 대화를 마치고 주루의 삼 층에서 내려

왔다.

그런 그에게 새로 뽑은 부관이 조심스럽게 물어 왔다.

"정말 백 냥을 더 얹어 주실 겁니까?"

"이번 일에 백 냥을 더 얹어 주는 건 아깝지 않은 일이지. 백천상단이 더 위로 올라갈 수 있는 발판이 될 일이니까."

"그렇긴 합니다만……."

"왜 그러느냐?"

"저자를 백천상단에 들이는 것이 좀 그렇습니다. 저자로 인해 저희의 일이 드러나면……."

"걱정하지 마라. 저자가 우리 상단에서 일할 일은 없으니까."

"네?"

잠시 후 그 말뜻을 알아차린 그는 고개를 끄덕였다.

그런 눈치 덕분에 남궁강 상단주가 그를 부관으로 뽑은 것이니까.

"역시 상단주님이십니다!"

지금 남궁강 상단주는 다급했다.

올해 초, 백천상단주 자리에 대한 논의가 있었고 무림맹의 중진들은 그의 해임이라는 패를 만지작거렸다.

"이번 동지 때 황궁에서 발표한 천하백대상단에서 백천상단의 순위는 육 위."

"저번보다 올라가지는 못할망정 내려갔단 말이지."

"저, 그, 그것이…… 송구합니다."

"손해는 손해대로 보고, 욕은 욕대로 먹고, 순위도 떨어지고…… 우리가 왜 계속해서 자네를 상단주 자리에 두어야 하지?"

"……."

"하지만 자네 가문의 체면도 있고, 지금까지 수고한 것도 있으니 기회를 한 번 더 주도록 하지."

"감사합니다!"

"단, 이번에는 조건이 있네."

"조건이라면……."

"삼 년! 그 안에 백천상단을 천하 삼대 상단으로 만들게. 그러지 못한다면 그때는 진짜 끝이야."

"하지만, 상단주의 유임 및 해임에는 오 년의 기회가 있는 것 아닙니까?"

"물론 그렇긴 하지. 하지만 삼 년 안에 천하 삼대 상단으로 만들지 못한다면 네 능력은 거기까지인 거지. 더 두고 봐서 뭐 하나?"

"……."

그랬다.

그는 삼 년 안에 백천상단을 천하 삼대 상단으로 만들어야 했다.

그걸 단시간에 해내기 위해서는 윗 순위 상단을 무너뜨리거나, 그들의 것을 빼앗을 수밖에 없었다.

'내가 그 노인네들에게 비싼 선물도 턱턱 안겨 주고 얼마나 꼬리를 흔들었는데…… 젠장, 조건부 상단주라니!'

그렇게 속으로 무림맹의 중진들을 욕하면서 삼 층에서 내려오던 그는 흠칫했다.

저쪽 식탁에 낯익은 자들이 있었기 때문이다.

"저자들은, 은해상단의 소단주 일행 아닙니까?"

부관도 그들을 알아본 듯했다.

"혹시 저희의 말을 엿들은 건 아닐까요?"

"그럴 수도 있다."

그때 팔갑이 손을 번쩍 들고 점소이를 불렀다.

"여기 주문입니다요!"

"아, 네!"

"여기 매운 닭찜 요리 오 인분 더 추가해 주십시오."

"알겠습니다요!"

그들의 식탁 위에는 발골된 닭 뼈가 수북하게 쌓여 있었다.

대화를 엿듣는 데 집중했다면 저런 흔적이 나올 수 없을 터.

게다가 그 모습을 보자 왠지 자신도 배가 고파졌다.

"모습을 보아하니 단순히 음식을 먹기 위해 온 것 같군."

"제가 봐도 그런 것 같습니다. 정말 잘 먹는군요."

"우린 어서 가도록 하지. 우리가 그자를 만났음을 들켜서 좋을 거 없으니."

산동에서 〈161〉

"네. 알겠습니다."

혹시 몰라서 삼 층을 전부 비워 뒀기에 이 층에서 그들의 대화가 들리지는 않았을 것이다.

'절정 정도의 무위로는 위층의 대화를 들을 수 없을 터. 또, 이곳의 층고는 제법 높으니까.'

그래서 이곳을 접선 장소로 고른 것이다.

은서호의 경지는 겉으로 드러나지 않았지만, 그런 특성의 무공심법이 없는 건 아니었다.

게다가 그의 출신이나 내력이 수상쩍었다면 지난 용봉비무회 때 무림맹에서 순순히 그를 영웅으로 치켜세웠을 리 없다.

무림맹 입장에서 사람들의 시선을 돌릴 필요가 있다고는 해도, 수상쩍은 부분이 있었다면 그리했을 리가 없다.

무림맹은 그런 곳이니까.

그렇게 남궁강은 상념을 지우고는 부리나케 주루를 나갔다.

* * *

나는 주루를 빠져나가는 남궁강 상단주의 뒷모습을 일별했다.

내 생각대로 우리를 봤음에도 못 본 척하고 도망가듯 이곳을 빠져나갔다.

틀림없이 이곳에 온 의도가 떳떳하지 않다는 거겠지.

나는 자리에서 일어나 뒷간에 가는 척하면서 기척을 감추고 슬쩍 삼 층으로 향했다.

그리고 삼 층에 홀로 앉아 차를 마시고 있는 남자의 얼굴을 확인했다.

저자는 누구지?

이전 삶에서도 본 적이 없는 얼굴인데.

나는 조용히 원래 자리로 돌아왔고, 진유 무사에게 전음을 보내서 그자에 대해 알아봐 달라고 부탁했다.

백천상단에서 뭔가 수작을 부리는 게 분명하다. 게다가 그 의도 역시 절대 좋아 보이지 않고.

그렇다면 당연히 망쳐 줘야지.

.

.

.

우리는 부른 배를 두들기며 금계루에서 나왔다.

여기 숙수가 누군지 모르겠지만, 탐난다.

부모님 모시고 한 번 와야겠네.

내가 따로 임무를 준 진유 무사를 제외하고, 다들 원래 목적을 향해 이동했다.

우리의 목적지는 제남의 나루터.

제남은 황하 하류 지역 중에 가장 발전된 도시이자 바다에서 가장 가까운 나루터가 있는 곳이다.

그래서 해산물이 매우 풍부하다.

해산물이 가득 쌓인 장시를 구경하며 걷는 재미가 쏠쏠

했다.

"여기는 왜 오신 겁니까?"

서우 무사의 물음에 나는 씩 웃으며 대답했다.

"사실 여기가 오늘의 진짜 목적지였습니다. 그럼 어디 보자……."

나는 나루터를 둘러보았고, 한 객잔을 가리켰다.

"저곳으로 가 보죠."

그곳을 본 팔갑은 기겁해서 나에게 물었다.

"진짜 저기에 가시겠다는 겁니까요?"

"응."

"아니, 저곳이 어딘지 모르시는 건 아니죠?"

"알아."

나는 씩 웃었다.

"선원들이 가는 객잔이잖아."

"그걸 알면서 가시겠다는 겁니까요? 안 가시면 안 됩니까요?"

선원들이 찾는 객잔은 거의 정해져 있는 편이었다. 왜냐하면, 선원들이 찾는 객잔은 우선 싸야 했으니까.

바다든 강이든 배로 이동하려면 물때라는 게 중요하다.

그게 맞지 않으면 며칠씩이나 객잔에 머물러야 했으니까.

또한, 선원의 일이라는 건 대부분 단기 고용직이다.

그 계약이 끝나면 다음 일을 구할 때까지 계속해서 객잔에 머물러야 한다.

당연히 그들의 주머니 사정상, 매우 저렴한 객잔에 머물 수밖에 없다. 그러면 그 시설이나 음식이 좋을 리가 없고.

게다가 배에서 몇 주씩 지내다 보면 목욕은 꿈도 못 꾼다.

장강은 좀 낫지만, 황하는 온통 흙탕물인 데다가 바다에서 일하는 선원들도 많으니까.

그렇기에 그들이 객잔으로 짊어지고 오는 짐은 물론이고 그 본인에게서도 악취가 풍긴다.

그 냄새를 가리기 위해 향낭을 사용하는 자들도 있긴 하지만, 그 향이랑 섞이면……

팔갑이 질색하는 이유는 그런 것도 있긴 하지만, 위험했기 때문이다.

뱃일이라는 건 상당히 고되고 힘든 일이면서 동시에 사망 위험이 높다.

그래서 오늘 번 돈을 오늘 다 써 버리는, 오늘만 사는 선원들이 많다.

물론, 착실하게 돈을 모아서 선주가 된다든지 다른 일을 하러 가는 이들도 있지만.

아무튼, 그러다 보니 싸움도 자주 일어났고 그 수위도 매우 높았다.

즉, 팔갑은 내 안전을 생각해서 만류하는 거다.

하지만 세상 어디에 안전한 곳이 있긴 할까?

그리고 가만히 앉아 있는 건 내 성미에 맞지 않아서 말이지.

"걱정하지 마. 저들에게도 일종의 규칙이 있어. 선원이 아니면 먼저 말을 걸지 않는 한 없는 사람 취급을 하거든."

"네?"

"선원이 아닌 자들은 동료가 아니다. 뭐 그런 거지."

"거참 별난 규칙입니다요."

겉보기에는 막사는 것처럼 보이지만, 서로 간에 엄청 끈끈한 의리가 있는 자들이 선원들이니까.

그도 그럴 것이, 사방이 물인 곳에서 서로를 의지하지 않는다면 버티기 힘들지.

아, 물론 항상 그렇듯 예외도 있지만.

"가기 싫으면 가지 않아도 괜찮아."

"아, 아닙니다요. 갑니다요."

팔갑이 주먹을 꽉 쥐었다.

아니, 그렇게까지 결연할 필요는 없는데……

혹시나 싶어 호위무사들에게도 당부해 두었다.

"그리고 저곳에서는 함부로 검을 뽑지 마십시오."

"알겠습니다."

우리는 이름도 없는 그 객잔으로 들어갔다.

순간 후각에 훅 들어오는 악취.

이내 모두의 시선이 우리에게 쏠리는 것이 느껴졌다.

하지만 그 시선은 금세 흩어졌다.

우리가 선원이 아님을 알아차린 것이다.

그래서 내가 일부러 좀 차려입고 온 것이기도 하다.

나는 내부를 둘러보다가 한 곳에 시선을 멈췄다.

아, 저기에 있군.

한쪽 구석에서 열심히 국수를 먹고 있는 남자.

이곳의 국수라고 해 봤자, 고기 맛도 안 나는 육수에다가 손톱만 한 고기 한두 조각 들어가 있는 정도일 텐데.

나는 그 앞의 의자를 빼서 앉았다.

그제야 그는 나를 보았다.

비쩍 마른 몸이지만, 그 눈빛만은 형형하게 빛나고 있었다.

제법 잘 생겼다는 소리를 들을 만한 얼굴인데.

나는 차를 주문했고, 그는 나와 눈을 마주칠 뿐 아무 말도 하지 않았다.

곧 점소이가 차를 가져왔고, 나는 그 찻물에 손가락을 담가 상에 글자 하나를 썼다.

"……!"

그걸 본 그의 눈이 찢어질 듯 커졌다.

"제가 내드리죠. 그리고 이건 당신에게 마지막 기회일 수도 있습니다."

그는 입술을 깨물었다.

"제가 돕죠. 그러니 당신도 저를 도우십시오."

"……."

"생각이 있으시면 닷새 안에 청산객잔에 와서 저를 찾으십시오."

산동에서 〈167〉

"……당신 이름이 뭡니까?"

살짝 어눌하지만, 생각보다 발음이 좋다.

"은서호. 그게 내 이름입니다."

나는 탁자 위에 찻값을 올려놓고 자리에서 일어났다. 그리고 그 객잔을 나섰다.

그렇게 한 반 각 정도 걸었을까?

서우 무사가 나에게 물었다.

"저자, 혹시 무인입니까?"

역시 서우 무사는 그자의 정체를 알아차린 듯하다.

"그리 느끼셨습니까?"

"네. 저희가 검을 차고 있음을 보자 은근히 기운을 끌어 올렸습니다. 다만 제국의 무림인들과는 좀 다른 기운이었습니다."

그는 말을 이었다.

"또한, 그자의 손은 어릴 때부터 무예를 익혀 온 자의 손입니다. 또한 저희가 무인이라는 것을 알아차리자 본능적으로 퇴로를 찾더군요."

나는 고개를 끄덕였다.

"제대로 보셨습니다. 하지만 그는 무인이라는 말보다는 전사라는 말이 더 맞을 겁니다."

"네?"

"그자의 억양에서 느끼지 못했습니까? 그자는 제국민이 아닙니다."

이전 삶의 기억 덕분에 알고 있는 인연.

그는 대월국 사람이다.

외국 출신인 그가 이곳 산동성에서 선원으로 일하고 있는 건 돈을 벌기 위해서다.

돈을 벌어야 노예가 된 가족들을 구할 수 있었으니까.

그는 원래 대월국의 한 무가의 자제였다.

하지만 억울하게 역모죄를 뒤집어썼고, 집안이 몰락하고 말았다.

역모죄를 지은 가문의 여자들과 열다섯 살 이하의 남자들은 노예가 되는 것이 국법.

그와 그의 형은 당시 열다섯 살 이하였기에 살아남을 수 있었다.

그는 전투 노예로서 살게 되었고, 바다에서 전투를 벌이던 중 바다에 빠졌다.

정신을 차렸을 때 그는 외딴 섬에 있었다.

그리고 지나가던 배에 의해 구해졌다.

이게 그에게는 기회였다.

도망가서 자유인으로 살 기회.

하지만 그는 자신의 가족들이 마음에 걸렸고, 돈을 벌어 속전을 마련하여 가족들을 자유인으로 만들기로 결심했다.

역모죄로 노예가 되었다고 해도, 속전을 내면 자유인이 될 수 있기 때문이다.

물론 거액이었던 데다가, 노예는 따로 돈을 벌 수 없었기에 있으나 마나 한 법이었지만.

긍지 높은 전사가 막일을 하는 건 결코 쉽지 않은 일이었을 거다.

하지만 어쩔 수 없었다.

대월국과 제국이 가까운 만큼, 혹시라도 그가 노예라는 것을 알아차리고 상금을 노리고 고발한다면 속전을 마련할 기회는 영영 사라지는 거니까.

그렇기에 자신의 출신이 드러나는 무술은 감출 수밖에 없었다.

그래서 대월국과 비교적 먼 산동에서 일하는 것이기도 했다.

그러던 중 기회가 찾아 왔다.

풍랑에 휩쓸린 제국의 황족을 구하게 된 것이다.

그의 사정을 불쌍히 여긴 황족의 도움으로 속전을 마련하여 대월국으로 돌아갔지만, 그의 꿈은 이뤄지지 못했다.

모두 이미 죽어 있던 것.

그의 형은 전투 노예로 싸우다가 전사했고, 그의 어머니와 여동생도 과로로 사망한 것.

더욱 안타까운 것은 가족들이 죽은 지가 불과 일 년도 되지 않았다는 것이었다.

즉, 일 년 만 일찍 돌아갔으면 막을 수 있었던 비극.

여응암 무사가 물었다.

"그럼 주군께서는 그를 무인으로 쓰시기 위해 부른 겁니까?"

"그건 아닙니다."

"네? 무인…… 이라고 하지 않으셨습니까?"

"그는 전사가 맞습니다만, 그에게는 다른 일을 맡기려고 합니다. 그의 관상에서 무역왕의 상이 보였거든요."

"네?"

팔갑이 어이가 없다는 표정으로 물었다.

"도련님께서 관상도 볼 줄 아십니까요?"

"응."

"그럼 제 관상은 어떻습니까요?"

"모시는 사람 잘 만나서 잘 먹고 잘 살다가 장수할 상이야."

내 말에 팔갑은 고개를 갸웃했다.

"음, 잘 맞는 것 같기도 합니다요."

이럴 때는 참 단순해서 좋아.

내가 피식 웃고 있자, 명종 무사가 걱정스러운 듯 말했다.

"제가 알기로 대월국으로 가는 뱃길이 무척 험하다고 들었습니다."

"맞습니다."

창운 무사가 고개를 갸웃했다.

"어? 대월국은 운남성이나 광서성과 붙어 있지 않습니까? 그럼 그곳으로 가면 되는 거 아닙니까? 굳이 뱃길로 가야 합니까?"

창운 무사의 의문을 서우 무사가 풀어 주었다.

"육로로 가는 건 더 지랄 맞…… 험험, 더 힘하니까."

역시 서우 무사가 운남 쪽을 전문으로 하던 표두 출신이라 잘 아네.

"그 위험한 밀림과 높은 절벽 사이를 물건들을 가지고 넘어오는 건 그 자체로 고행이네."

"그렇군요."

"그래서 저자를……."

나는 고개를 끄덕였다.

"그런데 말입니다."

여웅암 무사가 나에게 물었다.

"그러면 차라리 기존에 활동하던 이들을 포섭하거나 고용하는 것이 더 낫지 않습니까?"

지금도 대월국과 교역은 꾸준히 이루어지고 있으니까.

"지금까지 대월국과의 교역은 주로 그들이 제국을 방문하는 식으로 이루어졌습니다."

왜냐고?

제국에서 갈 필요가 없으니까.

이쪽에서 물건을 가지고 대월국에 가는 것보다 제국에 방문하는 대월국 사람들과 교역을 하는 것이 훨씬 이득이니까.

그래서 이쪽에서 직접 가는 곳은 그보다 더 먼 곳.

"하지만 이제는 조금 다른 방식을 취해야 합니다."

지금까지는 사치품 위주로만 교역을 했기에 그게 가능했지만, 이제는 상황이 달라졌다.

손해를 보지 않고 이득을 취하려고 하는 건 제국 상인들이나 대월국 상인들이나 똑같다.

 우리가 제국으로 온 대월국 상인들에게 식량을 구입하려고 하면 그들은 현지 가격보다 몇 배나 비싸게 팔 터.

 그러니 우리가 직접 대월국으로 가서 식량을 구입하는 게 싸게 먹힌다.

 "그리고 뱃길은 선주들의 돈줄인데 그걸 순순히 알려주겠습니까? 게다가 지금 제국에서는 대월국으로 가는 뱃길을 아는 선주를 찾기가 힘듭니다. 오랫동안 대월국으로 가지 않았으니까요. 그는 이 난제를 해결해 줄 수 있는 중요한 인물입니다."

 그는 제국과 대월국을 잇는 뱃길을 잘 알고 있다.

 덕분에 풍랑 속에서 제국의 황족을 구할 수 있었고, 향후 제국과 대월국을 잇는 교역을 하게 되었으니까.

 아무튼, 가족들의 죽음을 알게 된 그는 자포자기하고 목숨을 끊으려 했지만 노예가 된 다른 일족들이 눈에 밟혔다고 했다.

 그래서 그는 속전을 밑천 삼아 교역을 시작했다.

 더 많은 돈을 벌어서 노예가 된 다른 일족들을 자유민으로 만들기 위해서.

 그도 몰랐지만, 그에게는 교역에 재주가 있었고 덕분에 몇 년 지나지 않아 이름을 날리는 교역상이 되었다.

 그리고 내가 죽었을 즈음에는 대월국의 무역왕으로 불릴 정도였다.

"그런데 말입니다요. 닷새 안에 찾아올까요?"
"응. 반드시 올 거야."
나는 확신을 담아 말했다.
"그는 가족을 사랑하는 긍지 높은 전사니까."

나는 객잔으로 돌아왔다.
"늦었구나."
아버지의 말에 나는 포권하여 고개를 숙였다.
"송구합니다. 생각보다 일이 지체되었습니다."
"괜찮다. 표정을 보니 갔던 일은 잘되었나 보구나."
"네. 그리고 긴히 말씀드릴 게 있습니다."
아버지는 내 표정을 보더니, 고개를 끄덕였다.
"내 방으로 가자꾸나."
"네."

잠시 후.
나는 아버지의 방으로 들어갔다.
"그러고 보니 어머니께서 보이지 않는데, 어디 가신 겁니까?"
"아, 광준상단의 대부인을 만나러 갔다. 어제 도착했다더구나."
"아, 그렇군요."
그러면 복윤 소단주도 왔다는 거구나.
아버지는 직접 차를 우려서 내 잔에 따라 주셨다.

"감사합니다."

나는 차를 마셨다.

역시 아버지의 차 우리는 솜씨는 뛰어나다.

차 역시 전문으로 다루는 상단의 상단주다운 솜씨라기보다는…… 조부님께 잔소리를 배부르게 듣고 터득한 솜씨라고 해야 할지도…….

"그래, 무슨 이야기를 하려고?"

"아버지. 저희 상단에서 배를 만들어야겠습니다."

"갑자기 배라니?"

아버지께서 고개를 갸웃하셨다.

"이미 우리 상단에는 배가 여럿 있지 않느냐?"

"강을 오가는 배가 아니라, 대월국까지 갈 수 있는 커다란 무역선이 필요합니다."

"……."

내 말에 잠시 침묵하시던 아버지께서 담담히 고개를 끄덕였다.

"그래, 한번 만들어 보자꾸나."

어?

솔직히 나는 아버지께서 깜짝 놀라시며 그게 무슨 말이냐고 그러실 줄 알았다.

그런데 이 반응, 뭐지?

왜 이렇게 담담하신 거지?

이전 삶에서는 조금 뒤에 대월국과의 대규모 교역이 시작되었다.

제국의 황제가 대월국과 직접 교역을 하는 건 체면이 상한다는 대신들의 의견에 황제는 다른 묘수를 생각해 냈다.
　몇몇 상단을 고용해 교역을 지시한 것.
　그때 교역을 시작한 상단들은 상당한 성공을 거두었다.
　그 소식을 들으며 유난히 씁쓸한 표정을 지으셨던 아버지의 모습이 떠올랐다.
"왜 그리 보느냐?"
"네?"
　나는 얼른 상념을 지우고 말했다.
"너무 담담하셔서…… 마치 이런 일이 있을 것을 예상이라도 하신 듯 말입니다."
"아아……."
　아버지는 고개를 끄덕이셨다.
"서호야."
"네. 아버지."
"너는 우리 상단의 이름이 왜 은해상단인지 아느냐?"
　아버지의 물음에 나는 고개를 갸웃하며 대답했다.
"은을 바다처럼 많이 벌라는 의미 아닙니까?"
"그것도 맞는 말이지만, 사실 은해상단을 세운 초대 상단주님의 본의는 그게 아니다."
"네?"
"대대로 상단주에게만 내려오는 기록이 있다. 그 기록에는 분명히 적혀 있었다. 초대 상단주님께서 은해상단이라 명명하신 이유가."

아버지가 씩 웃으셨다.

"이 제국 안에서만 머물러서는 진정한 거상이 될 수 없음이다. 바다 너머의 돈을 바라보아야 진정한 거상이 될 수 있다. 그런 의미에서 은해상단이라 명명하신 거다."

은해상단이라는 상호에 그런 의미가 있었다니!

그런데 문득 한 가지 의문이 들었다.

"그런데 왜…… 금해상단(金海商團)이 아니라 은해상단(銀海商團)입니까?"

아니, 그렇잖아.

솔직히 은보다는 금이 더 값어치가 있으니까.

내 물음에 아버지는 하하 웃으셨다.

"그러게 말이다. 솔직히 그건 나도 잘 모르겠구나."

"거기에 대한 기록은 없습니까?"

"그래."

아버지는 말을 이으셨다.

"네가 한 번 알아보거라. 왜 금해상단이 아닌 은해상단인지."

"네."

잡화점의 귀면포 노인의 진짜 생신을 알아내는 것 외에 또 하나의 숙제가 생겼다.

왜 우리 상단의 이름이 금해상단이 아니라 은해상단인지 알아내는 것.

"아무튼, 초대 상단주님께서는 우리 은해상단이 백대

상단 중 오십 위 이상으로 성장하게 되면 바다로 나가도 좋을 거라고 하셨지."

"그러면 저희는 이제 나가 봐도 되겠군요."

"그래. 이제 우리도 해 볼 만할 때가 되었다.

우리 은해상단의 순위는 삼십오 위.

초대 상단주님이 말씀하신 조건을 충족하고도 남는다.

게다가 우리 상단은 순위만 삼십오 위일 뿐, 그 여력은 훨씬 넉넉하다.

작풍기를 비롯해 독점 판매를 하는 것들이 많은데, 그 것들의 이윤이 꽤나 짭짤하거든.

"그리고 우리 은해상단의 물건을 쌓아 놓는 곳 중 한 곳이 강가에 있지."

"네, 알고 있습니다."

"그곳이 우리 은해상단의 규모에 비해서 상당히 넓다고 생각되지 않느냐?"

설마…….

"혹 그곳이 초대 상단주님께서 미리 예비하신 터입니까?"

"그래."

아버지는 고개를 끄덕이셨다.

"초대 상단주님께서 미리 마련하신, 배를 만들 수 있는 장소란다."

그제야 나는 내 지난 삶에서 아버지가 유난히도 쓸쓸한 표정을 지으셨던 이유를 알 것 같았다.

초대 상단주님의 유지를 제대로 받들지 못한 자신에 대한 자괴감이었던 거다.

당시 우리 상단의 위치는 오십 위에 미치지 못했으니까.

물론 대월국과의 교역을 시도해 볼 수는 있었겠지만, 자금이 그리 넉넉지 못했던 게 문제였다.

"돌아가자마자 추진하도록 하마."

"감사합니다."

나는 말을 이었다.

"그리고 그에 적합한 이를 찾아 두었습니다."

"그래, 그게 누구냐?"

"곧 찾아올 겁니다."

내 말에 아버지는 고개를 갸웃했다.

"찾아오다니?"

"바다와 잘 어울리는 아주 멋진 전사 하나를 고용할 겁니다."

황제가 상단을 고용하는 형태로 하여 교역을 하는 건 빨라도 내년 여름이다.

그리고 내가 이렇게 서두르는 이유는, 바닷길을 통해 교역을 하는 건 결코 단시간에 준비할 수 있는 일이 아니기 때문이다.

그래서 미리 그에 적합한 배를 만들고, 그 배를 이끌고 교역할 사람을 구하는 거다.

물론 좀 더 일찍 시작하고 싶었지만, 우선 이번에 만난 용 선원이 정확하게 어디에 있는지 알고 있는 시점이 지금이었다.

그리고 미리 배를 만들어 놨어도 무용지물이었을 거다. 기존의 설계대로 배를 만들어서는 안전하게 대월국에 다녀올 수 없었으니까.

즉, 여러모로 지금이 딱 좋은 시점인 거다.

물론 내가 직접 대월국에 갈 생각은 없다.

나는 아직 이 제국에서 해야 할 일이 많거든.

* * *

은서호가 객잔을 나가는 것을 본 전사, 용응완은 식탁 위에 써진 글자를 보았다.

속전(贖錢).

자유민이 되기 위한 돈을 의미했다.

자신을 찾아온 은서호라는 자는 저 글자를 쓰며, 자신이 대신 내주겠다고 말했다.

그는 입술을 깨물었다.

'믿어도 되는 건가?'

솔직히 그는 아무나 믿을 수 없는 처지였으니까.

그때 누군가 그에게 다가오는 기척이 느껴졌고, 그는 얼른 그 글자를 손으로 지웠다.

"이봐!"

누군가 그 앞에 털썩 앉았다.

그와 친한 동료 선원 중 하나였다.

본의 아니게 같이 일하는 경우가 많아지면서 자연스럽게 친해진 인물.

"무슨 일이야? 뭐 문제라도 생긴 거야?"

"문제는 무슨……."

"저렇게 화려하게 차려입은 자가 이곳을 찾아올 리가 없잖아. 선주를 찾아가면 모를까."

"……."

눈썰미가 좋다고 해야 할지, 상대의 질문은 예리했다.

하지만 그대로 말할 수는 없는 노릇이라 그는 대충 둘러댔다.

"그냥, 전에 주머니를 누가 훔치려고 해서 도와줬는데 고맙다고 찾아온 거야."

"분명 도와준다는 말을 들은 것 같은데."

"귀도 밝다."

"무슨 사정인지 모르겠지만, 저자가 도와준다고 했으면 그 선의를 받아들여라."

"응?"

"혹시 너…… 찾아온 사람이 누군지 모르는 거야?"

그 물음에 용응완은 고개를 끄덕였다.

"허! 맙소사! 은서호 대협을 모르다니!"

"대체 그자가 누군데?"

"무림맹의 영웅! 용봉비무회의 영웅! 이백 년 전의 영웅 극천검의 절기를 이어받은 자! 빼어난 미모로 남녀노소 가릴 것 없이 그 마음을 훔치고 다니지만, 사실 그 선한 협행이 더 주목받는 선협미랑이잖아!"

"……."

그는 자신 앞의 녀석이 꽤 소문에 밝다는 것을 떠올렸다. 하지만 그렇다고 허풍을 치거나 거짓말을 하는 녀석도 아니었다.

'그렇다면 정말 믿어도 되는 건가?'

하지만 여전히 의문은 풀리지 않았다.

대체 자신을 어디에 쓰려고 그 속전을 내주겠다는 것인지.

'혹시 호위무사로 쓰려고?'

하지만 이미 그는 자신조차 위축될 정도로 강한 호위무사들에게 둘러싸여 있었다.

그때였다.

"허! 이곳에 선협미랑께서 오셨던 건가?"

그 말에 고개를 돌려보니 방금 들어온 손님이다. 그의 말에 용응완의 동료 선원이 되물었다.

"선협미랑을 아십니까?"

"물론이네. 직접 만나기도 했지."

그는 자신 있게 고개를 끄덕였다.

"참으로 아름다운 사내였네."

그 말에 용응완은 고개를 끄덕였다. 그 말대로 정말 잘생기긴 했으니까.

"그런데 언제 그분을 만난 겁니까?"

"어디 보자…… 그래! 난주로 가는 길에 만났었지."

"난주요?"

"내가 일하는 배에 탔었거든. 아무튼, 그때가 봄이라서 물이 불어나서 급류가 아주 위험했지. 자네들도 알지? 저 황하 상류의 급류가 얼마나 위험한지."

그 물음에 두 사내는 고개를 끄덕였다.

"그때 어른들은 배의 시렁에 몸을 묶은 상태라서 괜찮았는데, 끈을 느슨하게 묶었는지 한 아이가 물에 빠지고만 거네!"

"헉!"

"저런!"

"하지만! 그때 선협미랑께서 홀연히 나서신 거야. 단 한 치의 망설임도 없이 곧바로 겉옷을 벗으시더니 그대로 급류 안으로 뛰어 들으셨네."

"네?"

그들도 안다. 황하의 급류가 얼마나 위험한지.

웬만한 무림인들도 한번 휩쓸리면 생사를 장담할 수 없는 곳이 바로 황하의 급류가 아닌가!

"그러더니 일각도 되지 않아 물에 빠진 아이를 구해 다시 배로 돌아오셨지."

"정말입니까?"

"그럼 정말이지!"

"그런데 그분은 왜 그런 위험천만한 일을 하신 겁니까? 아무리 아이를 구하려 했다지만…… 본인도 위험해질 수 있었던 거 아닙니까?"

그 물음에 선원이 어깨를 으쓱했다.

"그건 나도 모르지. 내가 듣기로는 원래 그런 분인 것 같더라고. 난주에서 북경으로 돌아가는 길에도 우리 배를 이용하셨는데, 나라를 크게 어지럽히려던 무리들을 잡아 이송 중이라더군. 그리고 자신들 때문에 손해를 봤을 거라고 뱃삯을 넉넉히 챙겨 주시더라고."

"……."

그는 씩 웃었다.

"내 말을 못 믿겠으면 우리 선주한테 물어보든가."

"아, 아닙니다. 믿습니다."

그는 고개를 돌려 용응완에게 말했다.

"진짜 소문대로 좋은 분이네. 내가 볼 때 도와준다는 것이 상단에 일꾼으로 고용해 준다는 것 같거든. 그러니까 그분이 고용을 제안하시면 두말하지 않고 받아들여. 내가 듣기로 그분이 소단주로 계시는 은해상단이 그렇게 대우가 좋다더라. 선원으로 일하는 것보다 훨씬 돈도 많이 벌고 안전할 거야."

그는 말을 이었다.

"끝까지 살아남아야 고향의 가족들에게 돌아갈 거 아니야."

"응?"

깜짝 놀라는 용응완에게 친한 선원이 말했다.

"왜? 내가 모를 줄 알았냐?"

그는 피식 웃었다.

"무슨 사연이 있는지는 몰라. 하지만 너처럼 필사적인 녀석들은 꼭 이유가 있더라. 그리고 대부분은 가족이나 연인이 이유이지. 그게 아니고서는 너처럼 필사적으로 돈을 모으는 녀석은 없거든."

* * *

날이 밝았다.

나는 침상에서 일어나 운기조식을 했다. 바다가 지근거리에 있어서 그런지 평소보다 음기가 더 충만한 느낌이다.

그래도 음기가 가장 충만한 곳은 항주다.

그곳은 바다뿐만 아니라 호수까지 있으니까.

나는 운기조식을 마친 후 침상에서 내려와 수련을 시작했다.

다른 사람들에게 수련하는 모습을 보여 주고 싶지 않았기에 이곳에 머무르는 동안은 내 방에서 수련을 하기로 했다.

물론 가장 많이 하는 것은 체력 훈련이지만.

나에게는 검을 휘두르는 것보다 체력훈련이 더 중요했는데, 경지가 올라갈수록 내공과 체력이 균형을 이루어야 나중에 탈이 나지 않기 때문이다.

"후, 시작해 볼까?"

방 안에서도 체력 훈련은 얼마든지 할 수 있다.

그 자신의 의지만 있다면 말이지.

수련은 밖에 나가서 해야 한다든지, 도구가 없어서 못 한다든지 하는 건 다 핑계다.

의자 위에 물구나무를 서서 한 손으로 팔굽혀 펴기를 하든지, 대들보 위에 거꾸로 매달려서 윗몸 일으키기를 한다든지.

물론 내공을 사용하지 않기에 힘들다.

힘들어 죽을 것 같다.

그래도 수련을 멈출 수 없는 건 무공이 부족해서 이전 삶처럼 개죽음을 당하는 건 두 번 다시 겪고 싶지 않기 때문이다.

내 상대는 무림맹이다.

중원 무림의 중심이자, 무력과 재력을 동시에 갖춘 곳.

그런 곳을 상대하기 위해서는 나 역시 두 가지를 다 갖춰야 했다.

그때 내 객실의 문이 열리고 팔갑이 들어왔다.

"흐억!"

팔갑은 거꾸로 매달려 있던 나를 보고 기겁을 했다.

"왜 그렇게 놀래?"

"그럼, 사람이 거꾸로 매달려 있는데 놀라지 안 놀랍니까요?"

"나 수련하는 거 한두 번 봐?"

"그야 그렇습니다만, 저 심약한 거 아시잖습니까요?"

"어, 그래."

나는 피식 웃으며 대들보에서 사뿐히 내려왔다.
"수련은 끝나셨습니까요?"
"이제 끝내도 돼."
"그러면 씻을 물이랑 수건을 가지고 오겠습니다요."
"응."
나는 잠시 숨을 돌리며 어젯밤을 떠올렸다.
진유 무사는 한밤중에 돌아와 내게 보고했다.

"말씀하신 자를 추적해 보았는데, 백염상단의 사람이었습니다. 정확히는 철기방에서 일하는 자입니다."
"철기방이요?"
"예. 그곳의 야장으로 보였습니다."

철기방이라면 백염상단의 핵심이다.
그 말은 즉, 백천상단에서 백염상단에 뭔가 수작을 부리려는 것이다.
혹시 백천상단에서 철방 사업에 손을 대려는 건가?
이전 삶에서는 없던 일인데?

.
.
.

나는 객잔 일 층으로 내려와 아침을 먹었다.
그리고 차를 마시고 있을 때 점소이가 우리에게 다가왔다.

"백염상단에서 보낸 사람이 왔습니다."
"아, 그렇습니까?"
곧 뒤에서 누군가 다가왔다. 입은 옷을 보니 부관 정도로 보였다.
"은해상단주님 되십니까?"
"그러네."
아버지의 대답에 그는 정중하게 포권했다.
"상단주님을 뵙습니다. 저는 백염상단주님의 부관입니다. 이번 회합 장소를 알려 드리고자 이리 찾아뵈었습니다."
"그래, 회합 장소가 어딘가?"
"백염상단 근처에 있는 이화루입니다. 그리고 회합 시작은 내일모레 오시(午時:11~13시)입니다."
"알겠네. 그런데 생각보다 이른 시간에 시작하는군?"
부관이 고개를 끄덕이며 이유를 설명했다.
"어차피 금주령 때문에 술도 마시지 못하는데 늦게 모여서 무슨 이득이겠습니까? 그러니 일찌감치 모여서 이산동의 진미를 맛보는 것도 좋지 않겠습니까?"
"그렇긴 하지. 알겠네. 알려 줘서 고맙네."
"그럼 저는 이만 가 보겠습니다."
그렇게 그 부관이 돌아간 후, 나는 아버지께 말씀드렸다.
"그럼 저는 오늘 잠시 외출하겠습니다."
"그렇게 하도록 하거라."

.
.
.
잠시 후,
나는 한 다루로 향했다.
적당한 곳에 자리 잡고 앉은 나는 미리 차를 주문해서 마셨다.
산동성은 장강 쪽 지역들에 비해 차를 재배하기에 좋은 편이 아니다.
태산에서 질 좋은 차가 나오기는 하지만, 그 양이 얼마 되지 않는다.
그래서 보통 차는 다른 지역에서 가져오는데, 주로 배로 운송되어 온다.
배가 드나들기 아주 좋은 곳이니까.
지리적 위치상 교역을 하기 좋은 곳이기에 제국민이 아닌 이들을 많이 볼 수 있는 곳 중에 하나다.
그만큼 유행도 빨리 찾아온다.
제국의 유행 중 반 이상은 이곳 산동에서 시작된다는 말이 나올 정도니까.
그때 익숙한 기척이 느껴졌고, 곧 다루 안으로 한 사내가 들어왔다.
반가운 얼굴이다.
나는 얼른 그를 향해 소리쳤다.
"여기입니다!"

"아! 은 소단주!"

복윤 소단주가 반가워하는 얼굴로 다가왔고, 나는 자리에서 일어나 그에게 포권했다.

"오랜만에 뵙습니다."

"그렇군요! 오랜만입니다. 전에 북해에 갔던 일은…… 얼굴을 보니 좋은 상행이었나 봅니다."

"덕분에 무사히 다녀왔고, 좋은 상행이 되었습니다."

나는 말을 이었다.

"전에 북경에 가셨던 일은 어찌 되셨습니까?"

"나 역시 좋은 상행이었소."

상인들에게 좋은 상행이란, 손해를 보지 않고 이득을 많이 보는 상행을 뜻한다.

"차 한잔하십시오."

"아, 그래야지요."

우리는 차를 마시며 서로의 근황을 나누었다.

역시 마음이 잘 맞는 친우를 만나는 건 즐거운 일이다.

그렇게 대화를 나누고 있을 때, 진유 무사의 전음이 들려왔다.

- 주군, 송구하지만 방금 안으로 들어온 자…… 전에 백천상단의 상단주와 금계루에서 대화를 나누었던 백염상단의 사람입니다.

응?

- 지금 다른 사람과 대화를 나누려 하고 있습니다. 허락하신다면 그 내용을 엿듣겠습니다.

뭔가 촉이 왔다.
- 허락합니다.
그리고 약 한 식경 후, 진유 무사의 전음이 들렸다.
- 주군, 백천상단주에게 의뢰받은 일의 실행일을 알아냈습니다. 내일모레입니다.

어라?

내일모레면…… 회합 날인데?

그때 복윤 소단주가 나에게 물었다.

"혹 무슨 일 있습니까?"

"네?"

"갑자기 심각한 표정을 짓길래……."

아…… 내가 그랬나?

흘깃 고개를 돌려 보자, 팔갑은 고개를 저었다.

내가 표정 관리에 실패하지 않았다는 의미.

대체 어떻게 안 거지?

일단은 사과가 먼저다.

"미안합니다. 내일모레 있을 회합을 생각하다 보니, 쟁쟁한 상단주님들을 어찌 대할지 걱정이 되었습니다."

"은 소단주도 걱정이 되는 겁니까?"

"당연한 거 아닙니까?"

"평소 상단주님들을 대할 때면 언제나 여유롭고 당당해서 별로 걱정되지 않는다고 생각했는데……."

"그런 척하는 겁니다."

백대 상단의 회합.

이건 연회의 탈을 쓴, 소리 없는 탐색전이자 전쟁이다.

백대 상단을 운영한다는 건 그만한 역량이 있음과 동시에 욕심도 많다는 의미다.

더 많은 돈을 벌고 싶은 욕심 말이다.

그러니 서로 이런저런 정보를 주고받으면서 아닌 척 상대방의 약점이 뭔지 알아내는 거다.

그 약점은 제법 유용하게 쓰일 수 있으니까.

그런 곳에서 상대를 보고 당황하거나 벌벌 떨면 어떻게 되겠는가?

'쯧쯧, 불쌍하네.'라든지, '허! 나 때문에 저러는 건가? 미안하군.'이라고 생각할까?

천만에.

손쉬운 먹잇감으로 생각하겠지.

비정하겠지만, 그게 바로 상계다.

물론 상단주들을 어찌 대할지 걱정이 되었다는 건 그냥 둘러댄 말이다.

나는 하나도 떨리지 않는다.

끝판왕이라고 할 수 있는 황제 폐하를 몇 번이나 뵈었는데.

"아, 그러고 보니 이번 회합 장소가 이화루라고 들었습니다."

"맞습니다."

복윤 소단주가 고개를 끄덕였다.

"백염상단에서 운영하는 곳이고, 지근거리에 백염상단

의 본단이 있다고 들었습니다."

"맞습니다. 규모가 어마어마한 걸로 알고 있습니다."

"연회가 끝나면 상단주님께서 상단을 구경시켜 주실 것 같은데, 기대가 되는군요. 저는 번번이 기회를 놓쳐서 말입니다."

아…… 맞아. 그랬지.

백염상단의 상단주는 대장장이 출신이다.

무시당하며 살아서인지 자신이 이룩한 것을 다른 이들에게 자랑하고 싶어 하곤 했다.

그래서 이렇게 백대상단의 회합을 주최하게 되면 친히 초청하여 구경시켜 주곤 했다.

나는 왜 그날 그자가 일을 실행하려 했는지 알 것 같았다.

아무래도 외부인이 여럿 방문하면 상단 내부는 어수선할 수밖에 없으니까.

그런 만큼 백염상단을 흔들 틈을 만들기 쉬울 터.

그나저나 대체 무슨 방법으로 백염상단을 흔든다는 것이지?

잠시 생각에 잠겼던 나는 이내 고개를 살짝 저으며 차를 마셨다.

친우를 앞에 두고 딴생각을 하는 건 실례이지.

일단 객잔에 돌아가서 생각해 봐야겠다.

"그리고……."

복윤 소단주는 손가락으로 뺨을 긁적이더니 말끝을 흐

렸다.

 왜 갑자기 얼굴이 붉어졌지?

 "무슨 일입니까?"

 그는 품에서 붉은색 봉투를 내밀었다.

 나는 고개를 갸웃하며 그 봉투를 뜯었다. 그 안에는 붉은색 서신이 들어 있었다.

 붉은색 겉봉은 종종 쓰긴 한다.

 하지만 겉봉뿐만 아니라 속지까지 붉은색으로 사용하는 경우는 별로 없었다.

 왜냐하면, 이건 경사가 있을 때나 사용하는…….

 응? 경사?

 나는 얼른 그 내용을 읽어 보았다.

[월하노인이 붉은 실로 두 남녀를 묶었으니, 어찌 인연이 아닐 수 있겠습니까? 하여 이제 좋은 날을 받아 정식으로…….]

 나는 고개를 들어 물었다.

 "혼인하십니까?"

 "하하하, 네."

 그가 멋쩍게 웃으며 고개를 끄덕였다.

 "이제 제 나이도 곧 스물두 살이니 때가 되긴 했지요."

 복윤 소단주와는 생년월일이 모두 같으니, 이제 십일월이 지나면 그도 스물두 살이다.

"하여 내년 여름에 혼인하려고 합니다."

보통은 봄가을에 결혼을 하는 편인데, 복윤 소단주가 여름에 결혼을 하려는 이유는 간단하다.

그가 있는 요녕 땅이 추운 지역이기 때문이다.

여름이 오히려 사람들을 모아 연회를 하기 좋은 시기니까.

"이거 축하드립니다."

"하하하, 감사드립니다."

복윤 소단주는 포권하며 나에게 감사를 표했다.

내년 여름이면 한참 남았지만, 이렇게 미리 청첩장을 주는 이유가 있었다.

제국이 워낙 넓은 데다가 다들 바쁜 사람들이니까.

요녕까지 왔다 갔다 하기 위해서는 제법 시간을 많이 들여야 하니 미리 알려 주는 것이다.

그나저나 이렇게 직접 청첩장을 주다니.

신랑이나 신부가 직접 건넨 청첩장을 받았음에도 참석하지 않으면 평생 홀로 산다는 말이 있을 정도로, 이런 경우 반드시 참석해야 했다.

그만큼 나를 각별하게 생각한다는 거겠지.

나는 고개를 끄덕이며 말했다.

"반드시, 가겠습니다."

.
.
.

복윤 소단주와 맛있게 점심을 먹고는 청산객잔으로 돌아갔다.

객잔 근처에 도착한 나는 미소를 지었다.

기다리고 있던 인물을 발견했기 때문이다.

하지만 그는 객잔에 들어가지 못하고 입구 주변을 서성거리고 있었다.

나는 그가 왜 객잔에 들어가지 못하고 있는지 알 것 같았다.

낡고 냄새나는 옷.

보아하니 가장 깨끗한 옷을 입고 온 것 같지만 그 옷이 그 옷이다.

솔직히 고급 객잔에서는 싫어할 만하지.

그건 사람을 차별하는 게 아니다.

깨끗함과 편안함을 누리기 위해서 고급 객잔에 비싼 돈을 내고 묵는 손님들을 위한 조치이지.

그리고 일 층에서는 지금 식사를 하거나 차를 마시는 이들도 있을 테니까.

솔직히 식당에서 맛있게 밥을 먹고 있는데, 일 년 동안 갈아입지 않은 옷 그대로 와서 옆에서 귀 파고 코 파면 밥맛이 순식간에 뚝 떨어질걸?

때와 장소에 따라 옷을 갖추어 입는 건 상식이며 배려이기도 했다.

생각해 보면 다른 사람들을 위한 배려가 없는 사람들이 꼭 '사람 차별하는 거냐?'라고 화를 내더라고.

진짜 사람 차별이라는 게 뭔지도 모르는 사람들이.

문득 이전 삶에서의 일이 떠올랐다.

단지, 천한 상인이라는 이유만으로 나보다 어린 말단 관리에게 모욕을 당하며 뺨을 맞았던 일이…….

아, 물론 나중에 그 몇 배로 조져 주긴 했지만.

나는 상념을 지워 내고는 여응암 무사와 이필 무사를 불렀다.

"부탁 하나 해도 되겠습니까?"

"하명하십시오."

"저자를 씻기고 잘 입혀야 할 것 같습니다. 향조(香皂)와 괜찮은 의복 좀 부탁드립니다."

"알겠습니다."

그들은 즉시 저자로 향했다.

"그리고 팔갑아. 가서 데리고 와."

"알겠습니다요."

팔갑은 객잔 주변을 서성거리고 있던 청년, 용응완을 데리고 왔다.

그는 잔뜩 긴장한 얼굴로 내게 인사했다.

"서, 선협미랑을 뵙습니다."

"……."

내 명호를 알고 있을 거라고는 생각하지도 못했는데.

"소인의 이름은 용응완이라고 합니다."

"은서호입니다. 이왕이면 명호 말고 은 소단주라든지 은 국주라고 불러 주시면 좋겠습니다."

"알겠습니다."

"그래서, 제 제안에 대해 생각해 보셨습니까?"

"예. 그런데…… 제가 은 소단주님께 도움이 되겠습니까? 소인은 아무 능력이 없습니다."

"능력이 없긴요. 당신은 무려 네 가지 능력을 가지고 있습니다."

"……."

그는 잠시 입술을 깨물었다가 말했다.

"그게 무엇인지 말씀해 주실 수 있으시겠습니까?"

나는 오른손을 들어 주먹을 쥐고는 검지를 폈다.

"첫 번째! 당신은 대월국의 말을 할 수 있습니다. 당연하죠, 대월국의 말이 당신의 모국어니."

"……!"

그는 깜짝 놀란 듯, 더듬거리며 물었다.

"그, 그건 어찌 아셨습니까?"

"모를 리가 없지 않습니까? 쇄골 쪽의 그 문신은 대월국의 무인 가문을 상징하는 문신이 아닙니까?"

"……."

내 말에 그의 표정이 당황으로 물들었다.

지금 그의 쇄골의 문신은 옷에 가려져 있었기에 드러나 있지 않았다.

하지만 나는 알고 있지.

"아, 안심하셔도 됩니다. 지금은 저밖에 모를 겁니다."

"제 쇄골에 문신이 있는 것을 어찌 아신 겁니까?"

내가 그 문신에 대해 알게 된 건 이전 삶에서다.

지금으로부터 한참 후, 황제의 사람이 되어 상선을 이끌던 그의 입으로 직접 말했으니까.

하지만 그걸 말할 순 없지.

"아까 저 앞에서 몸 안에 손을 넣어 긁적일 때 봤습니다."

"험, 험험."

순식간에 붉어지는 얼굴.

"아무튼, 당신에게 대월국 말이 모국어이니 대월국 말을 배운 제국민보다 훨씬 유리합니다. 아시잖습니까? 아무리 말을 잘 배운다고 해도 그 문화를 모르면 미묘한 말뜻을 이해하기 힘들다는 거 말입니다."

"음, 그렇긴 합니다."

"그리고 상인들의 거래에서 미묘한 그 차이는 상당히 중요하죠. 그 능력은 아주 큰 능력입니다."

나는 잠시 시간을 두고는 중지를 펴며 말했다.

"두 번째! 당신은 대월국으로 가는 뱃길을 알고 있습니다."

그는 다시금 입술을 깨물었다.

"당신은 언젠가 돌아갈 생각을 하고 있습니다. 그렇다면 그 뱃길에 대해서는 확실히 기억하고 있거나, 기록을 해 두었겠지요."

"……."

"세 번째! 당신은 대단한 끈기를 가지고 있습니다. 웬

만한 사람들은 혀를 내두를 정도로 힘든 일을 하면서도 포기하지 않았으니까요."

나는 마지막으로 새끼를 펴며 말했다.

"마지막으로, 당신은 상재가 있습니다."

"네?"

그는 황당하다는 표정을 지었다.

"저에게 상재가 있다니요? 금시초문입니다."

지금은 모르지만, 그는 정말 상재가 좋다.

그러니 이전 삶에서 무역왕이라는 이름까지 얻었겠지. 하지만 지금은 이에 대해 말할 수 없으니 두루뭉술 넘어갔다.

"사실 제가 관상을 볼 수 있는데, 당신에게 상재가 있습니다. 아무튼, 이 네 가지 능력을 바탕으로 저는 당신에게 은해상단의 상선을 맡기려고 합니다."

"……저를 동정하시는 겁니까?"

"동정이요?"

나는 피식 웃었다.

"세간에서는 저를 두고 선협미랑이라 하지만…… 제 본질은 상인입니다. 이득 앞에 물러남이 없는 상인 말입니다."

나는 그와 눈을 마주했다.

"만약, 당신을 동정했다면 그냥 은자나 몇 개 쥐여 주고 말았을 겁니다."

"……."

"당신의 능력에 대한 확신이 없다면, 그 큰돈이 들어가는 사업의 책임자를 시킬까요?"

"그야……."

순간 그는 흠칫했다.

"채, 책임자라니요?"

"잘못 들으신 거 아닙니다. 저는 당신을 은해상단 소속 상선의 책임자로 세울 것입니다."

"……."

그는 잠시 고민하다가 결심한 듯 입을 열었다.

"그 전에, 한 가지만 대답해 주십시오."

"무엇입니까?"

"제가 가족들을 위한 속전이 필요하다는 건 어찌 아신 겁니까?"

그리 묻는 그의 눈은 마치 사냥감을 노리는 맹수의 눈처럼 매서웠다.

그도 그럴 것이, 그 질문에 대한 대답은 그에게 무척 중요한 것이니까.

그는 자신의 안전을 위해서라면, 아니 가족의 안전을 위해서라면 언제든지 피를 볼 준비가 되어 있는 한 마리의 맹수였다.

그의 살기에 내 주변의 호위무사들이 검병에 손을 올렸다.

"아, 그게 궁금하셨군요."

내 말에 순간 살기가 사라졌다.

"목에 걸고 있는 목걸이."

"……!"

"그 목걸이에 새겨진 이름들, 가족들의 이름이지 않습니까?"

내 말에 그의 눈동자가 커졌다.

그는 가족들의 이름을 잊어버리는 것이 두려워, 나무를 직접 깎고 조각하고 이름을 새겼다고 했다.

그게 바로 지금 목에 걸고 있는 목걸이다.

"그리고 쇄골의 문신을 보면 당신은 긍지 높은 전사입니다. 그런 분이 왜 이곳에서 그 힘든 선원으로 살고 있는 것일까요?"

나는 손으로 그의 왼손 손등을 가리켰다.

"그 손등의 화상 자국, 일부러 그러신 거죠?"

"……!"

대월국에서는 노예들에게 왼손 손등에 낙인을 찍으니까.

그나저나 일부러 낙인을 지우기 위해서라지만, 많이 고통스러웠을 거다.

"이 정도 증거들이 모이면 진실을 아는 건 어렵지 않습니다. 아직 저를 신뢰하기 어려운가요?"

"그럼 왜 저를 고발하지 않은 겁니까? 저 아래쪽에 대월국의 무역선들이 자주 드나드는 곳이 있는 것을 모르시지 않을 테고, 그들에게 고발하면 포상금을 받을 수 있을 텐데요."

"포상금으로 얼마나 줍니까?"

서우 무사가 대답했다.

"제가 듣기로 도망친 대월국의 노예를 고발하면 은자 오십 냥을 준다고 합니다."

"고작 그것밖에 안 주나요?"

"……네?"

나는 피식 웃으며 말했다.

"내가 한 오만 냥 정도 주면 모르겠는데 고작 그거 받자고 저 아래 상해까지 내려가라고요?"

82장. 백염상단

나는 말을 이었다.
"수지타산이 안 맞습니다. 말했잖습니까? 저는 상인이라고요."
"……."
"아무리 생각해 봐도 당신을 고용하는 것이 훨씬 이득이거든요. 이걸로 설명이 되었습니까?"
"네."
"그럼, 제 제안을 받아들이시겠습니까?"
내 말에 그는 정중하게 한쪽 무릎을 꿇었다.
"알겠습니다. 한번 믿어 보겠습니다."
그는 고개를 들어 나를 보았다.
"솔직히 저는 은 소단주님에 대해 믿지 못했습니다. 제 처지가 좀 그렇잖습니까?"

"이해합니다."

"제가 믿었던 이들이 저를 배신한 적이 몇 번 있었습니다."

아마 그를 고발한다거나 하는 일이었겠지.

"그런데 한 친우가 있습니다. 솔직히 막 친하고 그런 건 아닙니다. 하지만 오지랖이 넓어서 저를 그냥 두고 보지 못하는 그런 녀석입니다."

그는 말을 이었다.

"그 녀석이…… 그러더라고요. 은 소단주님이라면 믿어도 된다고요. 그리고 만약 저에게 고용을 제안하시면 두말하지 않고 받아들이라고요. 선원으로 일하는 것보다 훨씬 돈도 많이 벌고 안전할 거라고요."

숨을 내쉰 그는 말을 이었다.

"그래야, 끝까지 살아남아야 고향의 가족들에게 돌아갈 거 아니냐고."

"……."

"저는 그 누구에게도 제 사정을 말한 적이 없습니다. 그런데 그 녀석은 알아차렸습니다."

그는 말을 이었다.

"그 녀석 또한 선원으로 남기에는 아깝다고 생각합니다. 간청드리건대, 그 녀석도 고용해 주십시오."

그의 말에 의하면, 제법 괜찮은 인재다.

눈치가 빠르고 주변을 챙기는 자라면 나쁘지 않지.

그리고 사람을 쉽사리 믿지 못하는 그가 추천할 정도라

면 믿을 만하다는 뜻이기도 하다.

뭐, 처음부터 상선을 위한 인선은 그에게 맡기기로 했으니까.

나는 그를 일으켜 세우며 말했다.

"마음대로 하세요."

"네?"

"배라는 것을 운용하기 위해서는 서로의 마음이 맞아야 한다고 알고 있습니다. 하여 상선의 인선은 그대에게 맡길 생각이었습니다."

그때 저 멀리서 이필 무사와 여응암 무사가 보따리를 들고 다가오고 있었다.

생각보다 빨리 왔네.

"그럼, 마지막 관문이 남았습니다."

"무엇입니까?"

"은해상단의 상단주인 제 아버지를 만나는 일입니다. 그러니 씻고 새 옷으로 갈아입는 성의를 보여야 할 듯합니다."

나는 그를 데리고 인근 객잔으로 향했다.

개인이 씻을 수 있는 독채 탕이 있는 곳이다.

그곳에서 향조로 깨끗하게 몸을 씻고 새로 사 온 옷을 입게 했다.

"음, 이제 좀 볼만하군요."

나는 고개를 끄덕였다.

역시 옷이 날개인지, 아니면 원래 신분이 높아서 그런

지 모르겠지만.

"제가 이렇게 좋은 옷을 입어도 되는지 모르겠습니다."

"이것 역시 투자이니 걱정하지 마십시오. 그런데, 비단옷을 입어 본 적 없습니까?"

"아, 그건 아닙니다. 전에…… 가문이 몰락하기 전에는 매일 비단옷을 입었었습니다."

"그런데 뭘 꺼리십니까? 고개를 당당하게 드시고, 가슴을 펴십시오."

나는 강한 어조로 그에게 말했다.

"아직 일은 끝나지 않았습니다. 제 아버지가 좋은 분이시긴 하지만, 아버지 역시 상인입니다. 그러니 전쟁터에 나가는 전사와 같은 마음으로 임하십시오."

"명심하겠습니다."

눈빛이 단단해졌군. 좋아.

"그리고 한 가지 조언을 해 드리자면, 제 아버지께 거짓말은 하지 마십시오."

"네?"

"그냥 다 솔직하게 말하셔도 됩니다."

나를 보며 고민하던 그는 이내 고개를 끄덕였다.

"알겠습니다."

"그럼 갑시다."

나는 그를 데리고 청산 객잔으로 향했다.

"어서 오십시오."

문 앞의 덩치 큰 문지기가 허리를 굽혀 인사를 했다.

그 모습에 용응완이 움찔했다.

"아깐 무섭게 내쫓던 자들이……."

"이게 바로 돈의 힘이죠."

"아……."

마침 일 층에서 아버지께서 차를 마시고 계셨고, 우리는 아버지께 다가갔다.

"아버지. 여기가 제가 말씀드렸던 인물입니다."

"음……."

아버지는 고개를 들어 용응완과 눈을 마주하더니, 자리에서 일어났다.

"올라가자."

"네."

우리는 위층으로 올라가 아버지의 객실로 향했다.

그런데 갑자기 아버지께서 몸을 돌리며 말했다.

"아, 서호야. 심부름 좀 하나 하거라."

"네?"

아버지는 품에서 서신 하나를 꺼내어 나에게 건넸다.

"초청에 대한 감사 서신이다."

천하제일상단에서 초청을 하면, 감사 서신을 보내는 것이 예의다.

그런데 그런 건 보통 부관을 보내는데?

"유 부관에게 전달하겠습니다."

"유 부관은 지금 바쁘니까, 네가 직접 가거라."

"네?"

"뭐 하냐? 안 움직이고?"

아, 아니, 아버지…….

내가 엿들을 가능성을 차단하시고 싶은 것 같다.

할 수 없지. 그럼 진유 무사에게 부탁을…….

"아, 그리고 오늘 저녁은 어머니와 함께 먹기로 했단다. 그러니 오는 길에 어머니를 모셔 오너라."

"알겠습니다."

"그러자면 호위가 많은 게 좋겠군. 네 호위들 여섯 명 전부 데리고 다녀오너라."

"……."

나는 속으로 한숨을 내쉬며 대답했다.

"그럼 다녀오겠습니다."

나는 객잔을 나서며 뒷목을 긁적였다.

아버지에게 한 방 먹었네. 이는 분명 용응완과 단 둘이 대화를 하겠다는 거다.

그리고 엿듣지 말라는 거지.

에휴.

"하하하하! 역시 상단주님이십니다요."

옆에서 팔갑이 재밌다는 표정을 지었다.

"너는 대체 누구 편이냐?"

"당연히 도련님 편입니다요."

"그런데 내 계획이 어그러진 것이 그렇게 재밌어?"

"어그러지다니요? 뭐가 말입니까요?"

"혹시라도 아버지께서 용응완 선원이 마음에 들지 않

아 하실 수도 있다고. 그래서 내가 옆에서 도움을 주려고 했단 말이야."

"에이, 그럴 일은 없습니다요. 상단주님께서 도련님을 얼마나 신뢰하는데요."

그리고 여웅암 무사가 웃으며 덧붙였다.

"제가 볼 때, 저건 그냥 아들을 걱정하는 아버지의 노파심 같은 겁니다. 하하하."

그 말에 창운 무사가 말했다.

"에이, 여 무사님이 그걸 어찌 압니까? 아버지의 마음은 아버지만 아는 거죠."

"왜 몰라? 내가 아버지인데."

"……."

하긴, 아버지의 마음은 같은 아버지만 아는 거지.

그러니까 동병상련이라는 말도…… 잠깐, 방금 뭔가 이상한 소리를 들은 거 같은데?

방금 여 무사님이 그랬지. 내가 아버지라고.

그, 그러니까…….

나는 삐걱거리며 간신히 고개를 돌렸다.

"네? 아, 아버지요? 아니, 그보다 여 무사님…… 혼인하셨습니까?"

다행이라고 할지, 충격을 먹은 건 나뿐만이 아니었다.

내 물음에 여 무사님은 고개를 끄덕였다.

"네. 혼인한 지 십 년 차입니다. 쌍둥이 아들이 아홉 살이고, 쌍둥이 딸이 일곱 살입니다."

"……."

"쌍둥이 딸이 아주 복덩이죠! 하하하! 그 녀석들이 태어나고 얼마 있지 않아 주군의 호위무사가 되었으니 말입니다."

가장 먼저 충격에서 벗어난 팔갑이 물었다.

"아, 아니, 그럼 왜 아직 말씀하지 않으신 겁니까요? 저는 여 무사님이 아직 총각인 줄 알았습니다요."

팔갑의 물음에 모두 고개를 끄덕였다. 이에 여 무사는 목덜미를 긁적이며 말했다.

"딱히 말할 필요도 없고…… 물어보지도 않았으니까?"

"……."

은풍대 무사들의 인적사항을 적은 병적부에는 혼인 여부와 가족 관계는 적지 않았다.

혹시라도 병적부가 안 좋은 목적으로 유출될 가능성이 있기 때문이다.

하지만 내가 알아보려고 했으면 알아내는 건 어렵지 않다.

게다가 지금 반응으로 봐서는 얘기만 꺼냈어도 쉽게 알 수 있었을 거 같고.

그러니까 내가 쓰레기였다는 거잖아?

허…….

나는 미안한 표정으로 사과했다.

"제가 나빴습니다. 미리 물어봐야 했는데……."

"아닙니다."

여응암 무사가 괜찮다는 듯 고개를 저었다.

"전에 월봉을 올려 주신 것만으로도 감사합니다. 덕분에 집을 새로 마련할 수 있었습니다."

아니, 그렇게 말하면 내가…… 내가…….

에휴.

"앞으로 신경 쓰겠습니다."

나는 호위무사들을 보며 물었다.

"혹시라도 혼인했거나 아이가 있다거나 하신 분 더 안 계시죠?"

그때 서우 무사가 손을 들었다.

"말씀하세요."

"그리 중요한 건 아니지만, 제 부인이 회임을 했다고 하더군요."

"네?"

그러니까 그…… 홍금소 부인이 회임을 했다고?

아니, 그거 엄청 중요한 이야기잖아?

그런데 왜 난 몰랐지?

"아마도 산달이 이번 겨울 정도일 겁니다."

그러면 올해 이월이나 삼월 정도에 회임을 했고, 회임 사실을 알았을 땐 난주에 있었구나.

"서신이 왔나 보군요."

"네. 돌아와 보니 회임을 알리는 서신이 도착해 있었습니다."

"축하드립니다."

내 말에 다른 이들도 서우 무사에게 축하의 인사를 건넸다.
"다들 축하해 주셔서 감사합니다."
나는 새삼 내가 무심한 주군이었음을 깨달았다.
후, 이번 겨울에는 웬만하면 호북성에 있어야겠네.
"우선, 백염상단으로 갑시다."
"네."
그나저나 용응완은 잘 하겠지?
내 조언만 기억하면 괜찮겠지만…….

* * *

그 시각.
은해상단의 상단주 은길상의 객실 안에는 은길상과 그의 호위무사, 그리고 용응완.
이렇게 세 명만이 있었다.
사실 은길상은 용응완과 단둘이 대화를 하고 싶었지만, 그의 호위무사가 끝까지 뜻을 굽히지 않았기에 어쩔 수 없었다.
그가 용응완과 독대를 하고 싶었던 이유는, 솔직히 은서호가 걱정되었기 때문이다.
지금까지 은서호의 인선은 훌륭했다.
하지만 항해를 통한 교역이라는 건 힘든 일이다. 만약 잘못된 인선으로 은서호가 실망한다면…….

그래서 오롯이 자신의 눈으로 확인하고 싶었다.

'게다가 우리 상단을 음해하기 위한 세력일 수도 있으니…….'

최근 들어 은해상단을 견제하려는 세력들이 호시탐탐 기회를 노리고 있었으니까.

"이름이 무엇인가?"

"용응완입니다."

"……제국민이 아니군."

그 물음에 용응완은 움찔했지만, 이내 순순히 고개를 끄덕였다.

"그렇습니다."

그는 은서호의 조언을 떠올렸다. 자신의 아버지에게 거짓말을 하지 말라는 조언.

그리고 자신을 믿고 솔직히 말하라고 했다.

"어디 사람인가?"

"저는 대월국 사람입니다."

"대월국이라…… 그렇군. 그런데 어찌하여 대월국 사람이 제국까지 왔나?"

"그건, 제가 노예였고, 우연한 기회에 탈출할 수 있었기 때문입니다."

"……"

은길상은 잠시 침묵했다가 입을 열었다.

"노예였다고?"

"네."

그는 자신의 모든 사연을 사실대로 말했다.

"……그리고, 다음 뱃일을 기다리던 중에 소단주님께서 찾아오셨습니다. 그리고 저에게 가족들의 속전을 내어 줄 테니, 자신을 도와달라고 하셨습니다."

"그래서 서호의 말대로 하기로 했다는 건가?"

"처음에는 믿지 않았습니다. 이미 여러 번 배신을 당해봤기 때문입니다. 그런데…… 그분이 선협미랑이 불리는 분이더군요."

그 대답에 은길상이 물었다.

"그래서, 믿게 된 건가?"

"그건 아닙니다."

"그럼?"

"제가 그분에게 물었습니다. 저에 대해 알면서 왜 저를 고발하지 않느냐고요. 그랬더니 저를 고발하면 얼마나 받을 수 있는지 묻더군요."

용응완은 피식 웃었다.

"은자 오십 냥을 준다니까 고작 그것밖에 안 주냐면서, 저를 고발하기 위해 아래쪽으로 내려가는 게 오히려 손해라고 하시더군요."

"그래서 믿기로 한 건가?"

"네."

"자네의 사정을 알면서 이문을 운운하는 게 화가 날 법도 한데?"

"그분은 최선의 방법으로 저를 설득한 겁니다."

"……."

"만약 불쌍해서 고발하지 않는다는 등의 말을 했다면 믿지 않았을 겁니다. 어쭙잖은 동정심과 인정, 그런 것보다 더 현실적인 것이 바로 이득이잖습니까?"

그 말에 은길상은 용응완이라는 인물에 대해 알 것 같았다.

그는 생각보다 냉정한 자였다.

아마도 지난 세월이 그를 그렇게 만들었을 터.

"만약 누군가 자네에게 더 많은 돈을 주며 함께 일하자고 한다면, 자네는 어떻게 할 건가?"

"그걸 지금 어떻게 말씀드립니까? 확답할 수 없습니다."

"그래도 예의상 거절한다고 말할 법하지 않나?"

"이 자리가 저의 예의를 보려고 마련하신 자리는 아니지 않습니까?"

그 대답에 은길상은 문득 그런 생각이 들었다.

'서호와 좀 닮은 점이 있군.'

지금까지 은서호가 데리고 온 이들은 어딘가 조금씩은 은서호를 닮아 있었다.

'그런 자들만 데리고 오는 거냐? 아니면 그들이 너를 닮은 것이냐?'

그 답은 알 수 없었다.

아무튼, 속이 구린 자는 아니니 다행이었다.

"그렇군."

그는 고개를 끄덕였다.

'서호가 자신 있게 추천했다는 건, 그 능력은 확실하다는 의미겠지.'

은서호는 모르지만, 사실 상단주 대대로 내려오는 서책에는 교역을 담당할 자에게 한 가지 질문을 하도록 초대 상단주는 당부했다.

[차 일만 근을 준다면 그것을 팔아서 무엇을 사 오겠느냐는 질문을 했을 때, 교역을 맡을 만한 자의 대답은······.]

은길상은 용응완에게 물었다.
"만약 내 자네에게 차 일만 근을 준다면, 자네는 그걸 팔아서 무엇을 가지고 오겠는가?"
"질문이 틀리셨습니다."
"뭐?"
"무슨 차를 일만 근을 주신다는 것도 말씀하지 않으셨고, 어디에 팔 것인지도 말씀하지 않으셨습니다."

[질문이 틀렸다고 할 것이다]

은길상은 고개를 끄덕였다.
'역시 서호야. 사람을 제대로 골랐어.'
그런데 용응완의 대답은 그게 끝이 아니었다.
"만약 저라면, 흑차 중에서도 광서성의 육보차를 팔 것입니다. 그게 맛이 순하면서도 떫은맛이 거의 없을 뿐만 아니라 해열에 효과가 좋다고 하더군요."

"그렇지."

"대월국은 더운 나라기에 열병을 다스리는 게 상당히 중요합니다. 그러니 비싼 값에 팔 수 있을 것이고, 그 돈으로 식량을 사 올 생각입니다."

"식량을?"

"네."

그는 고개를 끄덕였다.

"소단주께서 저에게 대월국과의 교역을 말씀하시기에 곰곰이 생각해 봤습니다. 지금 교역을 통해 얻고 싶은 게 무엇인지 말입니다."

그는 말을 이었다.

"그건 바로 식량입니다. 현재 흉년으로 식량 수급에 상당히 어려움을 겪고 있으니 말입니다. 그리고 그건 아마도 국가적인 차원에서 이루어지는 일이 될 것입니다."

"국가적인 차원이라 생각하는 이유는?"

"전국적으로 흉년인데, 고작 몇 척의 배로 실어오는 양으로 해결이 될 리가 있겠습니까? 게다가 대월국에 곡식이 풍부하다고는 하지만, 그렇게 많은 양을 수출하려면 국가 간의 협의가 필요하지 않겠습니까?"

"……그렇군."

"하지만 대국의 위치에 있는 제국의 입장에서 직접 나서서 교역하는 건 자존심 상하는 일, 아마 상단을 고용해

간접 교역을 할 것입니다. 그리고 소단주님은 그걸 미리 내다보고 준비하시는 게 아닐까 생각됩니다."

그 대답에 은길상은 자신도 모르게 외쳤다.

"합격!"

* * *

백염상단에 서신을 전달하고, 돌아오는 길에 객잔에 들러 어머니를 모시고 다시 청산 객잔에 돌아왔다.

"오셨습니까?"

그런 나를 유대익 부관이 맞아 주었다.

"아버지는요?"

"아직 방에 계십니다."

아직까지 이야기하고 계시다고?

나는 잠시 위쪽의 기운을 살폈다. 아버지와 용웅완의 기척이 느껴졌다.

대화가 길어지고 있다는 건 좋은 소식이다.

그때 문이 열리는 소리가 들리더니, 두 사람이 계단을 통해 내려왔다.

나는 얼른 포권하며 보고했다.

"다녀왔습니다. 아버지."

"그래, 수고 많았다."

아버지의 표정이 밝았다. 그럼?

"서호야."

"네?"

"인재를 잘 골랐더구나."

아! 합격이다!

"감사합니다. 아버지."

"감사는 무슨, 오히려 내가 고맙지."

아버지는 너털웃음을 짓고는, 용응완에게 말했다.

"자네가 선원들을 인선해서 이곳으로 데려오면 되네. 그리고 자네를 위해 이곳에 객실을 마련해 두도록 하겠네."

"감사합니다."

"감사는 무슨, 자네는 그런 대우를 받을 자격이 있네. 용 선장."

그리 말하며 용응완 선원…… 아니, 용 선장의 어깨를 두드리는 것을 보니 꽤 마음에 들어 하신 듯했다.

하긴 용 선장은 내가 돌아오자마자 적어 두었던 인재 중 하나다.

아버지의 눈에 안 들 리가 없지.

그는 내게 다가와 고개를 숙였다.

"이렇게 저에게 기회를 주셔서 감사합니다."

"제가 기회를 주긴 했지만, 그 기회를 잡은 건 용 선장님이십니다."

"선장이라…… 선장이라는 호칭이 좀 쑥스럽습니다."

.
.
.

오늘은 천하 백대 상단 회합이 열리는 날이다.

나는 팔갑의 도움을 받아 화려하고 고급스러운 옷으로 갈아입었다.

그리고 아래로 내려가자 아버지께서 기다리고 계셨다.

"늦어서 죄송합니다."

"아니다. 아직 네 어머니도 준비가 끝나지 않았다."

"아, 그렇군요."

원래 여인들의 치장이 더 오래 걸리는 법이지.

아직 시간 여유가 없는 것도 아니고.

"서우 무사에게 들으니, 홍금소 부인이 회임을 했다고 하더군요."

"그래. 안 그래도 보고를 들었다."

아, 알고 계셨구나.

그러면 말씀 좀 해 주시지.

"아버지, 서운합니다."

"……미안하다. 내가 미처 생각을 못 했구나."

"진짜 서운합니다."

내 말에 아버지는 헛기침을 하며 고개를 돌리셨다.

"험, 알겠다. 다음부터는 그런 일들이 생기면 꼭 말해 주마."

"네. 믿겠습니다. 그리고 아버지."

"왜? 또?"

"이번에 아버지께서 호북으로 돌아가실 때 저 역시 호북으로 돌아갈 생각입니다."

"호북에?"

"네. 이제 북경에서 해야 할 일도 없으니까요. 그리고 공밀을 만나서 논의할 것도 있고요."

아버지는 고개를 끄덕이셨다.

"알겠다. 그렇게 하도록 해라."

"그리고 어제 용 선장 말입니다. 어떤 부분이 마음에 드셨던 겁니까?"

"아…… 그거?"

아버지는 씩 웃으셨다.

"그건 네가 가주가 되면 알게 될 거다."

"저는 가주가 될 생각이 없는데요?"

"그럼 평생 모르는 거지."

그렇게 아버지와 대화를 하고 있을 때 위에서 어머니께서 내려오셨다.

"어머! 늦어서 미안해요."

"아닙니다. 허허."

단장을 마친 어머니는 참 아름다웠다.

그리고 보니 어머니께서는 소싯적에 감숙제일미로 불리셨다고 했지.

문득 어머니께서는 아버지의 어떤 모습을 보고 혼인하시기로 했는지 궁금해졌다.

그런 생각을 하며 우리는 이화루로 향했다.

그곳에 도착한 우리는 점소이들의 안내를 받아 안으로 들어갔다.

"이걸 각자 옷 위에 차 주십시오."

이번에도 익숙한 은패를 받았다.

백대 상단 회합에서 빼놓을 수 없는 유희를 위한 도구.

각자 은패를 허리춤에 찬 후 이 층으로 올라가자 먼저 와 있던 이들이 우리를 맞아 주었다.

대부분이 구면인 만큼, 아버지께서 내게 새로 소개해 줄 사람은 몇 없었다.

새롭게 백대 상단에 올라와 회합에 참석한 상단의 상단주와 인사를 나누고 우리 셋은 갈라졌다.

어머니는 상단주의 부인이 있는 삼 층으로, 아버지는 상단주들이 있는 곳으로.

그리고 나는 상단주와 함께 온 자제들이 있는 곳으로.

내가 다가가자, 그들은 나를 아는 척해 주었다.

"은서호 소단주!"

"어서 오시오!"

"은해상단에서는 이번에도 은서호 소단주께서 오셨군요."

"이렇게 되면 확실히 후계가 정해진 것 같은데?"

그 말에 나는 손을 저었다.

지금 뭐라는 거야? 큰일 날 소리를 하네?

이렇게 된 거 나는 이곳에서 분명하게 밝히기로 했다.

"후계는 정해졌지만, 그 후계자가 저는 아닙니다."

"그럼? 아! 정호 소단주?"

진호 형은 아예 후보에도 없군.

나는 쓴웃음을 지으며 고개를 끄덕였다.

"네. 상단은 큰 형님께서 물려받으실 겁니다."

"아쉽지 않나? 은해상단의 성장에 은서호 소단주의 공이 상당히 큰데?"

"전혀요. 전혀 아쉽지 않습니다."

내가 단호하게 말하자, 그들은 고개를 끄덕이며 화제를 바꾸었다.

"그나저나 송가상단이 이렇게 백대 상단에서 밀려나게 됐군."

"그러게 말이야."

"아무리 힘들어도 그렇지, 밀주라니! 너무 멍청하고 위험한 짓 아닌가!"

"솔직히 나는 그곳이 마음에 안 들었거든."

"그들이 우리와 같은 백대상단 중 한 곳이었다니! 말도 안 되는 일이었지."

"뭐, 자업자득이야."

지금 화제에 오른 곳은 송가상단이라는 곳이다.

원래 칠십 위 근방 즈음에 있던 곳인데, 그들의 주력 사업이 기루라는 것이 문제였다.

금주령으로 인해 기루 사업이 흔들리기 시작했는데, 그 묘안이라고 내놓은 것이 밀주였다.

사실 나도 송가상단을 별로 좋아하진 않았다.

그곳의 상단주는 고리대금업자 출신이었다. 빚 대신 데리고 온 젊은 여자들을 기루에 넘기다가 자신이 아예 기루를 차린 거다.

내가 송가상단을 별로 좋아하지 않는 이유에는 그런 것도 있지만, 가장 큰 이유는 비정하고 더러운 방식으로 사업을 키워 갔기 때문이다.

기녀들을 수급하기 위해 소녀들이 있는 집에 일부러 돈을 빌려준 뒤, 그 돈을 갚지 못하게 방해했으니까.

그녀들은 강제로 끌려온 거나 다름없다.

아무튼, 금주령으로 인해 손님들이 기루를 찾는 발걸음이 뜸해지자 몰래 밀주를 담아 일부 단골들에게 제공한 거다.

그러다가 결국 발각되어 난리가 났다.

내가 듣기로, 그 기루에서 일하던 기녀 중 하나가 감찰어사에게 고발했다지.

금주령을 어기는 것은 중죄인 탓에, 그 상단주는 사형에 처해지고 말았다.

그렇게 송가상단은 쫄딱 망했다.

그 아래쪽의 상단들이 위로 한 계씩 올라오면서 자연히 백한 번째에 있던 상단이 백대 상단 중 한 곳이 된 것이다.

나는 고개를 들어 저쪽에서 기둥 앞에 서 있는 남자를 보았다.

그가 바로 이번에 새로 천하 백대상단 중 한 곳이 된 무동상단의 소단주다.

도자기를 취급하는 상단으로 유명했다.

그때 한 무리의 공자들이 그 옆을 지나갔다. 순간 나는 그들의 얼굴에 스치는 웃음을 보았다.

그리고,

촤악!

그들 중 하나가 손에 들고 있던 차를 그의 옷에 쏟아 버렸다.

"아이쿠! 이런! 죄송합니다."

"괘, 괜찮습니다."

저거, 고의다. 분명히 고의다.

이곳에 참석한 자제들 사이에도 일종의 파벌이 있었는데, 지금 고의로 무동상단의 소단주에게 찻물을 쏟은 자들은 그 질이 좋지 않은 부류였다.

내 기억으로 이번에 몰락한 송가상단의 소단주와 어울리던 이들이다.

그가 몰락하고 새로 백대 상단의 회합에 참여하게 된 그가 미웠는지, 아니면 복수를 하고자 함인지, 그것도 아니면 단순히 재미인지는 모르겠지만.

당시 나는 정호 형에게 그때의 일을 들었다. 형이 몇 번 말렸지만, 소용이 없었다나.

저들은 무동상단의 소단주를 꽤 악랄하게 괴롭혔고, 무동상단의 소단주는 제대로 항의하지 못했다고 했다.

하지만 그에게는 기회가 생겼다.

황제가 대월국과의 교역을 추진하면서 도자기를 주력 상품으로 하던 무동상단이 급격히 성장하게 된 것이다.

그리고 그때부터 무동상단의 소단주는 참지 않았다.

나중에 안 사실이지만, 그는 단지 몸을 사리고 있던 것뿐이었다.

그들의 상단이 훨씬 약했기 때문에.

그러다가 상단이 급성장하자, 기다렸다는 듯이 자신을 괴롭히던 이들을 잘근잘근 밟아 준 것이다.

물론, 이건 아직 일어나지 않은 미래의 일.

지금은 질 나쁜 이들에게 괴롭힘을 당하면서도 참고 있을 수밖에 없는 처지였다.

"옷을 지은 비단이 저급이라서 그런지 생각보다 찻물이 빨리 스며들었군요."

"고급 비단으로 옷을 지었으면 괜찮았을 텐데 말입니다. 하하하."

그들의 말에 무동상단의 소단주의 얼굴이 붉어졌다.

쯧쯧, 지랄한다.

나는 눈살을 찌푸리며 그들에게 다가갔다.

그러자 여러 사람들의 시선이 내게 집중되는 게 느껴졌다.

내가 그렇게 유명 인사였나?

그런 생각을 하며 무동상단의 소단주에게 손수건을 건넸다.

"괜찮으십니까?"

"아, 네…… 감사합니다."

나는 고개를 돌려 방금 찻물을 쏟은 일행에게 말했다.

"차를 마실 땐 앉아서 마시는 것이 차를 대하는 예의 아닙니까? 찻잔을 들고 움직이다니. 경박스럽군요."

내 말에 그들은 입술을 깨물었다.

틀린 말이 아니었으니까.

"그리고 방금 여기 무동상단의 소단주가 입은 옷을 지은 비단이 저급이라고 하셨는데…… 비단을 다루는 상단의 일원으로서 말한다면, 저급은 아닙니다. 오히려 그쪽이 입은 옷의 비단이 저급이죠."

"뭐, 뭐라고요?"

"그 비단, 한 필에 은자 네 냥짜리입니다."

상등급의 비단은 한 필에 은자 열 냥 정도부터 시작하니까.

"그, 그게 무슨 막말이오? 이 옷을 지은 비단은 은자 열두 냥을 주고 샀소!"

"저런……."

나는 안타깝다는 듯 말했다.

"사기를 당하셨군요. 상인이 사기를 당하다니…… 어찌 위로의 말씀을 전해야 할지 모르겠군요."

내 말에 주변의 이들이 웃음을 참느라 안간힘을 썼다.

"이, 이……."

결국, 그들은 자리를 박차고 나가 버렸다.

"하하하하!"

"역시 은 소단주는 못 이기지!"

그 모습을 보며 다른 이들이 웃음을 터트렸다. 사실 그들도 방금 나간 이들을 싫어하고 있었으니까.

내 뒤로 다가온 복윤 소단주가 말했다.

"잘 했습니다."

사강 소단주와 한백건 소단주도 나를 보며 미소를 지었다.

나는 무동상단의 소단주와 정식으로 인사를 나누었다.

"은해상단의 소단주 은서호입니다."

"무동상단의 소단주 담진입니다."

그는 나에게 포권하며 말했다.

"평소에 은 소단주의 이름은 많이 들었습니다. 용봉비무회의 영웅 선협미랑 아니십니까?"

"부끄러운 이름이니 잊으셔도 됩니다."

제발 잊어 주시지요.

그는 민망해하는 내 속을 모르는지, 다시 한번 고개를 숙였다.

"그리고, 도와주셔서 감사합니다."

"별말씀을요. 저도 마음에 안 들던 참이었습니다."

내가 담진 소단주를 도와준 건, 미래를 알고 그의 호감을 얻기 위해서만은 아니었다.

보고 있기가 불편했기 때문이다.

그들은 전형적인 강한 자 앞에서 약하고 약한 자 앞에서 강한 소인배들인 거다.

"이쪽으로 오시지요. 계속 서 계시다가 기둥이 될 겁니다."

그리고 복윤 소단주를 시작으로, 그에게 각자를 소개했다.

그때 단상 위에 누군가 올라왔다.

기골이 장대한 노인이다.

백염상단의 상단주인 호주신.

산동 사람이라 그런지 키가 무척 컸다.

예로부터 산동대한(山東大漢)이라는 말이 있다. 키가 크고 체격이 좋은 산동 사람을 의미하는 말이다.

"이렇게 많은 분들이 참석해 주셔서 감사합니다. 모처럼 모인 자리이니, 즐거운 시간이 되었으면 합니다."

그는 주변을 둘러보았다.

"그럼, 지금부터 회합을 시작하겠습니다."

그는 옆에서 건네준 북채를 들고 북을 쳤다.

둥! 둥! 둥!

그렇게 본격적으로 천하 백대 상단의 회합이 시작되었다.

"아시다시피 요즘 금주령으로 인해 술이 금지되어 있습니다. 그렇기에 맛 좋은 음식들을 많이 준비했습니다. 그러니 다들 착석해 주십시오."

그 말에 나는 적당한 식탁 앞에 앉았다.

드륵.

그러자 기다렸다는 듯이 다른 이들이 내가 앉은 원형 탁자에 앉았다.

내 오른쪽에는 복윤 소단주가, 왼쪽에는 사강 소단주

가, 그리고 그 옆에는 한백건 소단주, 담진 소단주가 앉았다.

한 식탁에 의자가 여섯 개이니 이제 한 자리가 남았군.

그때 누군가 다가와 우리에게 물었다.

"여기 앉아도 됩니까?"

고개를 들어 보니 낯이 익은 인물이었다.

바로, 이번 연회의 주최자인 호주신 상단주의 손자 호경이다.

"그럼요. 앉으셔도 됩니다."

드르륵.

내 말에 그는 자리에 앉았다.

그는 상당히 영리하다는 평을 받는 인물이다.

중간에 좀 일이 생기는 바람에 백염상단의 세가 조금 약해지긴 했지만, 호경 공자가 상단주가 되면서 다시 순위가 올라갔고 우리 은해상단과 천하 삼대 상단의 자리를 다투었었다.

그러고 보니 호주신 상단주가 호경 공자를 무척이나 아꼈었지.

"경이가 있어서 내가 편하게 눈을 감을 수 있다."라고 말할 정도로.

그런데 왜 하필 여기에 앉는 거지? 다른 곳에도 빈자리가 있는데?

그때 한백건 소단주가 웃으며 말했다.

"이 자리가 좋아 보이셨나 봅니다."

"아, 네."
그는 고개를 끄덕이며 대답했다.
"이곳에 친해지고 싶은 분들이 많이 계시더군요."
다 좋은데, 왜 그 말을 하면서 저를 보는 겁니까?
그 시선의 의미는 분명했다.
나와 친해지고 싶다는 것.
영민하다는 평을 받는 그가 친해지고 싶어 한다는 건, 자신에게 도움이 된다는 의미다.
우리 상단이 많이 성장했다는 뜻이라 매우 뿌듯했다.
아, 행복해라.
하지만 여기서 안주해서는 안 된다.
미래 천하제일상단의 자리는 우리 상단의 것이니까.
"실례하겠습니다."
잘 차려입은 점소이들이 식탁 위에 음식이 담긴 접시를 놓기 시작했다.
물고기 살을 넣어 만든 만두.
매운 조개 볶음과 맵지 않은 조개 볶음.
해삼 요리와 새우 요리.
오리 요리와 닭구이 요리.
그리고 매운 닭찜 요리.
"어? 이건 서시설이 아닙니까?"
"이제 제철이 되었지요."
하긴, 서시설은 늦가을부터 봄이 되기 전까지 먹는 조개이니까.

그 밖에 십여 가지의 요리가 식탁 위를 가득 채웠다.

"드십시오."

"잘 먹겠습니다."

나는 가장 먼저 매운 닭찜 요리에 젓가락을 가져갔다.

지난번에 금계루에서 먹었던 닭찜 요리가 생각났기 때문이다.

어디 한번 먹어 볼까?

나는 닭찜 요리를 베어 물었다.

음……?

맛이 없는 건 아니지만…… 평범하게 느껴진다.

역시 금계루의 닭찜이 정말 맛있는 닭찜이었던 거다.

내일모레쯤에 부모님을 모시고 다녀와야겠네.

그런 생각을 하며 다른 음식에 젓가락을 가져갔다.

"이거, 금주령으로 술을 내놓지 못해서 아쉽습니다."

한백건 소단주가 호경 공자의 그 말을 받았다.

"저도 산동의 명주들에 대해 많이 들어 봤습니다. 노산의 맑은 물로 만들어 그 향취가 무척 깊고, 마실수록 머리가 맑아진다고 하더군요."

"맞습니다."

호경 공자가 만족스러운 미소를 지으며 고개를 끄덕였다.

"나중에 꼭 한 번 들러 주십시오. 금주령이 거두어지면, 제대로 대접해 드리겠습니다."

식사는 제법 오래 이어졌다.

오늘 이 자리의 목적은 대화를 나누고, 친분을 다지는 것 뿐만 아니라 정보 교환의 목적도 있었으니까.

 그런 의미에서 매우 유익한 시간이었다.

 주력 품목이 다른 여러 상단의 일원들에게서 듣는 이야기들은 꽤 흥미로웠고.

 어느새 점심이 훌쩍 지나고, 신시(15~17시) 말(末)이 되었을 때 즈음이었다.

 "하하핫!"

 상단주들이 모인 곳에서 호방한 웃음소리가 들려왔다.

 "내 오늘 우리 상단의 철기방을 보여 드리겠소이다!"

 누군지 알 것 같았다.

 백염상단의 상단주 호주신이다.

 이에 호경 공자가 어색하게 웃으며 말했다.

 "조부님께서 기분이 좋으신가 봅니다."

 그리고 이어지는 중얼거림.

 "철기방 분위기 흐트러지는데……."

 주위를 둘러봤지만, 워낙 작은 소리라서 그 소리를 들은 건 나뿐인 듯했다.

 덕분에 알게 되었다.

 호경 공자가 똑바로 정신이 박힌 자라는 것을.

 그는 그 무엇보다 철기방을 아끼고 있었다.

 그는 아는 거다.

 백염상단을 만든 곳이 철기방이고, 그곳이야말로 백염상단의 본질이라는 것을.

그러니까 지난 삶에서 흔들렸던 백염상단이 다시 정상적으로 운영될 수 있도록 다잡을 수 있던 거겠지.

"자자! 철기방이 궁금한 자들은 나를 따라오시오! 하하하!"

그의 말에 누군가 말했다.

"그럼 오늘의 연회는 끝난 겁니까?"

"어? 아! 그렇지!"

그는 북이 있는 곳으로 가서는, 북을 쳤다.

둥! 둥! 둥!

그렇게 이번 백대상단 회합은 끝이 났고, 나는 내 허리춤을 보았다.

아직 영롱하게 반짝거리고 있는 은패.

잘 쓰겠습니다.

나는 씩 웃으며 그걸 얼른 주머니에 넣었다.

"그럼 갑시다!"

"저, 송구합니다만 저는 이만 돌아가 봐야 할 듯합니다. 지금 부관이 급한 일이 있다고 해서……."

"아, 미안하네. 내가 너무 흥에 취했나 보군. 혹시 급한 일이 있거나 하는 사람들은 먼저 가 봐도 괜찮네."

"그럼 저도 이만……."

그 말에 여러 상단주들이 인사를 하고 자리를 떴다.

그도 그럴 것이 다들 바쁜 사람들이다.

처소에 돌아가서 일을 해야 하거나, 혹은 다른 사람을 만나거나 해야 할 터.

게다가 호주신 상단주가 기분이 좋아지면 자신의 철기방을 자랑한다는 것을 나도 알고 있다는 것은, 상단주들은 대부분 철기방을 몇 번이나 구경했다는 뜻이다.

아버지께서 내게 다가와 물으셨다.

"서호야. 너는 어찌하겠느냐?"

나는 당연히 가야 했다.

우리가 철기방을 견학할 때 무림맹의 사주를 받은 자가 사고를 칠 가능성이 높으니까.

이럴 때가 아니면 철기방은 외부인이 함부로 들어갈 수 없는 곳이고.

"저는 한 번 가 보고 싶습니다."

"알겠다. 그럼 구경 잘 하고 오거라. 아, 그리고 이왕이면 겉옷은 팔갑에게 맡겨 놓고 가거라. 상당히 거슬리거든."

잠시 후,

호주신 상단주의 뒤를 몇몇의 상단주들과 대부분의 소단주와 공자들이 따랐다.

그리고 남궁강 상단주는 바쁜 일이 있다면서 빠졌다.

어차피 실행은 그가 매수한 자가 할 터이니, 자신은 연관되기 싫어서 빠지는 거겠지.

조금이라도 의혹을 받고 싶지는 않을 테니까.

그리고 호경 공자와 그의 아버지는 호주신 상단주의 바로 뒤를 따랐다.

상단주가 간다는데, 아들과 손자가 따르지 않을 수 없었으니까.

호경 공자는 자신의 시종에게 뭔가를 지시했고, 시종은 부리나케 어디론가 달려갔다.

분명 철기방으로 가는 거다.

이건 귀에 공력을 집중하지 않아도 알 수 있었다.

손님들이 견학을 할 예정이니 기밀에 속하는 건 전부 치우라는 지시를 한 거겠지.

한편, 자신이 이룩한 것을 자랑하고 싶어 하는 호주신 상단주를 보며 조금은 측은함이 느껴졌다.

대체 소싯적에 얼마나 괄시받고 살았기에 이런 버릇이 있으신 건지……

나는 아버지의 조언을 받아들여, 팔갑에게 내 겉옷을 맡겼다.

사실 아버지의 조언이 아니었어도 겉옷은 벗고 들어갈 생각이었지만.

그러자 나와 같은 식탁에서 식사했던 이들도 각자의 겉옷을 벗어 시종에게 맡겼다.

"여기가 철기방입니다."

백염상단으로 들어가 일각 정도 걷자, 검은색 철로 만들어진 문이 보였다.

"혹시, 저 문은 현철로 만들어진 겁니까?"

내 물음에 호경 공자는 고개를 끄덕였다.

"역시 눈썰미가 좋으시군요."

허…….
저 큰 문을 현철로 제작하다니 대단하다!
그만큼 중요한 곳이라는 의미겠지.
"문을 열어라."
"네!"
기골이 장대한 문지기가 장치를 조작하자 현철로 만들어진 문이 열렸다.
그리고 우리는 그 안으로 들어갔다.
하지만 그 안에 들어갈 수 있는 건 오직 초대받은 이들뿐.
그렇기에 시종들과 호위들은 밖에 서 있어야 했다.

깡깡깡깡!
사방에서 들려오는 쇠를 망치로 두들기는 소리.
그리고 쇠 냄새와 뭔가 불에 타는 매캐한 냄새가 코를 찔렀다.
사실 쇠를 제련하는 냄새는 그리 좋다고 할 수 없다.
그나저나 이곳은 내가 지난 삶에서 봤던 것과 흡사한 모습이구나.
내가 지난 삶에서 이곳을 봤던 건 지금보다 조금 뒤였으니까 당연한 거겠지.
호주신 상단주가 안내를 시작했다.
"이곳이 쇠를 제련하는 곳이지. 여기서 상품들이 만들어지는 거네."

문에서 가장 가까운 곳에서 상품을 만든다는 건 빠르게 상품을 실어 나를 수 있을 뿐만 아니라 저 안쪽에 있는 보안이 중요한 것을 다른 이들에게 보이지 않을 수 있다는 의미지.

몇몇 소단주들과 공자들은 뭔가를 기대하는 표정으로 눈을 반짝였지만, 호경 공자가 재빨리 조치한 덕분에 기밀에 속하는 건 보기 힘들 거다.

우리는 안쪽으로 들어갔다.

"후, 이거 은 소단주를 따라 겉옷을 벗고 오길 잘 했습니다."

복윤 소단주의 말에 다른 이들도 고개를 끄덕였다.

그도 그럴 것이 철을 다루는 공방이다.

아무리 급히 정리를 했다고 해도 제대로 정리가 될 리 없다.

다들 비싼 옷을 입고 왔는데 그런 것에 걸리기라도 하면 그대로 옷을 날려먹고 말 터.

벌써 세 명이나 부딪혀서 곤욕을 치렀다.

또한, 쇠를 제련한다는 건 불을 사용해야 하는 작업이기에 십일월 초임에도 땀이 흐를 정도였다.

그래서 지금 이 안에서 일하는 야장들은 소매가 없는 옷을 입고 있었다.

"아버지의 조언 덕분이었지요."

물론 나는 더위를 느끼지 못했지만 가서 아버지에게 감사하다고 말씀드려야지.

우리는 점점 더 안으로 들어갔고, 이내 펄펄 끓는 쇳물을 틀에 부어서 모양을 만드는 곳에 도착했다.

 장인들은 금형을 가져다가 상자 안에 넣고 고운 흙으로 그 위를 덮었다.

 지금 쇳물을 부을 틀을 만드는 거다.

 틀을 만들기 위해 사용되는 흙은 아무 흙이나 써서는 안 된다고 한다.

 엄청 잘고 고운 모래를 사용해야 하는데, 그래서 퇴적토라는 것을 사용해야 한다고 한다.

 이는 강물과 바닷물이 만나는 지점에서 많이 얻을 수 있는 재료.

 그래서 백염상단이 퇴적토를 구하기 쉬운 산동성에 자리 잡은 거다.

 그리고 산동성에 철광이 많기도 하고.

 물론 제국의 모든 광산은 나라의 것이니만큼, 백염상단에서는 채굴된 철광석을 구매하는 방식으로 철광석을 조달하고 있다.

 "와! 저게 쇳물입니까?"

 "엄청 신기합니다."

 눈을 동그랗게 뜬 채 구경하는 소단주와 공자들에게 호경 공자가 말했다.

 "쉬워 보이지만, 사실 쇳물을 붓는 작업이 가장 까다로우면서도 힘든 작업입니다."

 "어째서입니까?"

"저 쇳물을 푸는 바가지 안에 담긴 쇳물의 무게만 해도 열 근이 훌쩍 넘으니까요."

"허…… 그렇게 안 보였는데."

"직접 들어 보면 헉 소리 나옵니다."

그때 나는 그곳에 있는 이들 중 한 남자의 얼굴을 보고 움찔했다.

금계루에서 남궁강 상단주와 만났던 바로 그 남자였기 때문이다.

진유 무사의 정보대로라면 그자의 이름은 막두, 철기방의 야장 중 하나다.

나는 그를 유심히 살펴보았다.

그러던 중, 누군가가 백염상단주를 불렀다.

"상단주님! 상단주님!"

"어? 무슨 일인가?"

"광산의 일 때문에 관에서 사람이 나왔습니다."

"지금? 오늘은 백대 상단의 회합일인 것을 그들도 알 텐데?"

"네. 급한 일이라서 어쩔 수 없었다고 합니다."

그는 미간을 찌푸렸다가, 다른 상단 사람들에게 양해를 구했다.

"사정이 이리 되어 미안하오. 나머지는 내 아들이 안내해 줄 것이오. 오늘 즐거웠소이다."

"아, 두 분을 모두 찾으십니다."

"……?"

나는 왠지 지금 관리가 방문한 것도 무림맹이 꾸민 계략의 일부분이라는 생각이 들었다.

오늘 백대상단의 회합이 있는 날인 것을 뻔히 알면서 찾아왔다는 것부터가 수상했으니까.

물론 급한 일일 수도 있지.

하지만 두 사람을 한꺼번에 찾는 것도 그렇고, 내 촉은 절대 그게 아니라고 말하고 있다.

"조부님, 아버지. 걱정하지 말고 가셔도 됩니다. 손님을 안내하는 건 제가 할 수 있습니다."

"그래, 경이가 있지. 부탁한다."

그렇게 두 사람은 철기방을 나섰고, 호경 공자가 손님들에게 철기방을 안내했다.

"이곳이 쇳물을 녹이는 곳이며, 저곳이 철광석에서 쇠를 추출하는 곳입니다."

그는 이제 거의 끝났다는 듯, 한 곳을 가리켰다.

"그리고 저곳은 출입금지 구역입니다."

"그 말은, 저 안에 뭔가 기밀이 있다는 의미군."

한 상단주의 말에 호경 공자는 고개를 저었다.

"기밀이라…… 딱히 그런 건 없습니다."

"그런데 왜 출입을 금지한다는 것인가?"

"보고 싶으시면 들어가 보셔도 됩니다만…… 안쪽은 매우 위험합니다."

"위험하다고?"

"네. 눈먼 불똥에라도 맞으면 화상을 입거나 옷을 버릴 수 있거든요. 게다가 철광석을 불에 태우는 과정에서 온갖 불순물이 타면서 그을음이 엄청 발생합니다. 냄새도 지금과는 비교가 안 될 정도로 매캐해서 눈물이 줄줄 흐릅니다."

그는 말을 이었다.

"그래도 가고 싶으신 분 계십니까?"

솔직히 나는 가 보고 싶긴 했다.

철을 다루는 일의 핵심이 바로 얼마나 질 좋은 철을 제련하느냐이다.

철을 기가 막히게 잘 다루는 야장도 쇠 자체가 글러 먹었으면 소용이 없다.

하지만 여기서 나서서 눈에 띄고 싶지는 않다.

그리고 저 막두라는 자를 관찰하는 게 우선이고.

아무도 손을 들지 않았다.

"좋습니다. 그럼 볼 건 다 봤으니 이제 돌아가실까요?"

그는 다시 돌아가며 설명을 추가적으로 해 주었다.

하지만 그 설명에 나는 속으로 실소할 수밖에 없었다.

뭔가 친절하게 설명해 주는 것 같지만, 핵심은 쏙 빠져 있었기 때문이다.

왜 호주신 상단주가 그를 대견하게 여기는지 알 것 같았다.

왔던 길 그대로 돌아가는 중이기에 우리는 다시금 쇳물을 녹여 붓는 곳에 도착했다.

그때였다.

저 앞에서 네 명이나 되는 야장들이 쇳물이 담긴 용광로를 낑낑대며 들고 오고 있었다.

그걸 본 호경 공자는 발을 멈추었다.

그건 당연했다. 그들을 먼저 보내야 하니까.

그런데,

"어어!"

그들 중 하나가 발을 헛디뎠고, 그대로 넘어졌다.

문제는 그들이 넘어지리라 예상되는 지점이 바로 호경 공자가 있는 곳이라는 거다.

"으아악!"

"공자님!"

모두가 놀라 그것에만 집중하는 상황.

하지만 나는 분명히 봤다.

막두라는 자가 주머니에서 쇠구슬을 꺼내 용광로를 들고 오는 이들에게 굴리는 것을.

저자의 의도가 이것이었나?

사고를 위장해서 호경 공자를 죽이려고?

상단을 흔들려면 이런 것보다는 화재를 일으키거나 하는 게 낫지 않나?

그때, 내 뇌리를 스치는 것이 있었다.

"경이가 있어서 내가 편하게 눈을 감을 수 있네. 참으로 우리 상단의 보물이지."

만약 그런 호경 공자가 사고로 죽는다면?

아! 젠장!

지금은 그걸 생각할 때가 아니었다.

지금 용광로 안의 펄펄 끓는 쇳물이 호경 공자를 덮치기 바로 직전이다.

그가 안내인을 맡아 다른 이들과 살짝 거리를 두고 있었기에 다른 이들이 휘말리지는 않겠지만, 덕분에 확신할 수 있었다.

저 막두라는 자의 목적이 호경 공자라는 것을.

저 정도로 뜨거운 쇳물이라면 시체조차 제대로 남지 않을 터!

당연히 목숨을 부지할 수 없을 것이다.

지금 내가 나선다면, 구할 수 있기는 하지만 내 경지에 대해 무림맹이 알게 된다면…….

찰나의 순간에 수많은 생각이 뇌리를 스쳐 지나갔지만, 이내 실소가 흘러나왔다.

그게 지금 중요한가?

내 눈앞에서 누군가 죽을 위기에 처해 있는데.

탓!

나는 호경 공자에게 달려갔고, 그를 한쪽 팔로 감싸 안으며 동시에 펄펄 끓는 쇳물을 향해 내공을 내뿜었다.

싸아아아아-!

쇳물은 순식간에 식어 딱딱하게 굳었다.

나는 바닥에 호경 공자를 내려놓으며 물었다.

"괜찮으십니까?"

"아, 아…… 네. 괘, 괜찮습니다."

그는 어안이 벙벙한 표정이었다. 그도 그럴 것이 정말 큰일 날 뻔했으니까.

덜그럭.

털썩.

철퍼덕.

용광로를 들고 있던 야장들은 안도의 한숨을 내쉬며 그 자리에 주저앉았다.

그들의 실수로 인해 상단의 차차기 후계자를 죽일 뻔했기 때문이겠지.

사실 그들의 잘못도 아닌데.

만약 내가 아니었다면, 그들은 평생 죄책감을 안고 살았겠지.

벌은 일을 벌인 자가 받아야 하는 법.

나는 실패했다는 것에 당황하여 얼른 자리를 뜨려는 막두라는 자를 보며 말했다.

"저자를 제압하십시오."

"네?"

"저자가 쇠구슬을 굴리더군요. 야장들이 용광로를 들고 오는 방향을 향해서."

그 말에 근처의 야장들이 득달같이 달려들었다.

그러자 그가 당황하며 손을 내저었다.

"이게 무슨 짓이야? 난 아니라고!"

"조용히 해 봐! 이 새끼야!"
"나는 억울하다고!"
야장들은 막두의 몸을 뒤졌고, 바지 안쪽 주머니에서 쇠구슬을 발견했다.
"이 새끼 봐라?"
"허!"
"그, 그건······."
"이렇게 증거가 있는데, 억울해?"
"이거 보니까 우리 철기방에서 생산되는 철 같은데?"
"우리가 쇠구슬도 만들었나?"
이에 변명이 궁색해진 막두는 슬그머니 고개를 숙였다.
야장 일은 상당히 위험한 일이다.
몇 번 죽을 고비를 넘기다 보면 자연히 입이 거칠어질 수밖에 없었다.
또, 그렇게 해서라도 서로의 안전을 챙겨야 했으니까.
나는 오늘 야장의 입이 거칠다는 것을 실제로 확인할 수 있었다.
시작은 용광로를 들고 왔던 네 명의 야장들이었다.
"여기 땅에 떨어져 있는 이거 쇠구슬 맞지?"
"뭔가 갑자기 미끄럽다 싶었는데, 그게 네놈이 굴린 쇠구슬 때문이었구나!"
"야! 이 ×××야! 이런 ×××!"
"××! 이 ×× 같은!"
으······.

귀에서 피가 나는 것 같았다.

하지만 저들이 저렇게 거칠게 나오는 건 당연하다. 나 같아도 그랬을 테니까.

아니구나.

나라면 저렇게 욕하는 대신, 뒤로 갚아 주겠지.

그때 정신을 수습한 호경 공자가 말했다.

"지금 당장 호철대를 불러 주십시오."

"네!"

호철대는 백염상단의 무력대이다.

"히끅!"

그 말에 그의 안색이 새파랗게 질렸다.

이제는 곱게 넘어갈 수 없다는 생각이 든 것이겠지.

그 순간,

막두는 자신 앞의 야장이 가지고 있던 쇠구슬을 낚아챘고, 그대로 입으로 가져갔다.

쇠구슬을 삼켜서 자결하기 위함이다.

어딜!

나는 품에 있던 비수를 꺼내 그를 향해 던졌다.

"큭!"

내 비수는 정확하게 그의 손에 박혔고, 자결 시도는 미수에 그쳤다.

나는 그에게 다가가 비수를 회수하고 그를 제압했다.

곧 뒤따라온 호경 공자가 주변을 향해 말했다.

"이자에게 재갈을 물리고 포박하십시오."

"예!"

이에 야장들은 득달같이 달려들어 그에게 재갈을 물렸고, 또 다른 천으로 그의 상처를 지혈하고 꽉 묶었다.

"후, 또다시 폐를 끼쳤군요."

호경 공자의 말에 나는 가볍게 고개를 저었다.

"아닙니다."

나는 속으로 살짝 놀랐다.

그가 생각보다 빠르게 평정심을 되찾았기 때문이다.

하긴, 그러니 차후에 백염상단을 다시 부흥시킨 거겠지.

게다가 천하제일상단의 차차기 후계자이니 암살이나 납치의 위협도 받아 본 적이 없지는 않을 거다.

그는 막두에게 말했다.

"저는 지금 당신을 심문하지 않을 겁니다. 제가 심문하면 죽여 버릴 것 같거든요."

"……."

막두는 분한 듯 입술을 깨물었다.

그러는 사이 곧 철갑을 갖춰 입은 호철대가 달려왔다.

"부르셨습니까? 아니, 이게 무슨 일입니까?"

호철대의 조장은 상황을 보고 깜짝 놀랐다.

바닥에 굳어 있는 쇳물이나, 몇 명의 야장들이 한 명을 포박하고 있는 모습까지.

"이자가 저를 암살하려고 했습니다."

호경 공자는 그에게 상황을 설명하고는 추상처럼 명령했다.

"죄인을 철저히 심문하여 배후를 밝히세요. 분명 저자를 부추긴 자가 있을 겁니다. 죽이지만 않으면 되니 어떻게든 알아내세요."

"명을 받듭니다!"

호철대의 이들 중 반은 막두를 질질 끌고 갔고, 나머지 반은 야장들에게 진술을 받기 시작했다.

그 사이 호경 공자는 나에게 포권하여 고개를 숙였다.

"정말 감사합니다. 은 소단주 덕분에 목숨을 구할 수 있었습니다."

"아닙니다. 저는 그저 공자의 목숨을 구하기 위해 움직였을 뿐입니다."

"이 구명지은은 결코 잊지 않겠습니다."

나는 마주 포권하며 겸양을 표했다.

"그나저나 깜짝 놀랐습니다. 은 소단주의 무공이 그리 고강할 줄이야……."

하긴 순식간에 그 끓는 쇳물을 식히는 걸 넘어 얼려 버렸으니까.

나는 속으로 쓴웃음을 지었다.

원래는 내 경지를 숨길 생각이었는데…… 어쩔 수 없네.

그렇다고 호경 공자를 구하지 않을 수는 없었으니까.

내 목적을 위해 사람을 구하지 않고 죽게 내버려 둔다면 그건 주객전도다.

내게는 무림맹에 대한 복수라는 목표가 있다.

하지만, 그건 내가 인간이기 때문에 그들의 행태에 분

노하고 복수하려는 것.

이를 위해 내가 인간임을 포기하고 싶지는 않았다.

"하하하. 과찬이십니다."

나는 그리 말하며 고개를 숙였다.

그때 내 소매에서 뭔가가 떨어졌다.

툭.

이건 금령에게 줬던 노리개인데?

전에 귀주성 포정사의 의뢰를 받았을 때 저자에서 노리개를 산 적이 있었다. 기물처럼 위장해 그 눈을 보존하는 척하기 위해서였다.

그때 혹시 몰라 몇 개를 더 샀고, 금령이 가지고 싶다는 눈빛을 보냈기에 하나를 준 적이 있었다.

이걸 왜?

- 꾸이!

내 뇌리에 금령의 전음이 들렸다.

실수가 아니라, 일부러 그런 거라고?

나는 곧바로 노리개를 살폈다.

파란색 노리개의 원석 부분이 깨져 있었다. 이거 아무래도 금령이가 일부러 깨물어서 부순 것 같은데?

아! 그런 의미구나!

그걸 보자, 금령의 의도를 깨달을 수 있었다.

아이고, 이 기특한 녀석.

혹시 천재세요?

이따가 은자가 아닌 금자를 줘야겠네.

나는 그 노리개를 집어 들며 난처한 표정을 지었다. 옆에서 복윤 소단주가 물었다.

"웬 노리개입니까?"

나는 난처한 표정을 감추는 척하며 시치미를 뗐다.

"아무것도 아닙니다."

그때 사강 소단주가 말했다.

"기물인 것 같군요."

"그럼 설마 냉기를 담은 기물인 건가?"

한백건 소단주의 물음에 나는 한숨을 내쉬며 말했다.

"후우, 맞습니다. 제가 무슨 능력이 있어서 저 쇳물을 순식간에 얼려 버리겠습니까? 방금 이 기물의 공능을 활용한 것입니다."

"신통방통한 기물이로군!"

"나도 그런 기물이 있다고 들어 본 적이 있네."

이에 아직 남아 있던 몇몇 상단주들이 고개를 끄덕였다. 그들 중에는 사강 소단주의 아버지인 사구철 상단주도 있었다.

무기를 생산하는 곳인 만큼 철을 공급받는 것이 무척이나 중요하다.

백염상단은 가장 중요한 거래처이니, 관계를 돈독하게 하려고 흔쾌히 방문한 것일 터.

겸사겸사 기술도 좀 눈으로 익히고 말이지.

사구철 상단주는 내 손에 들린 노리개의 원석이 깨진 것을 보며 말했다.

"저런…… 원석이 깨진 것을 보니 수명을 다한 모양이군."

"그런 것 같습니다."

"우리 상단은 무기를 만드는 곳. 하여 끓는 쇳물이 얼마나 뜨거운지 잘 알고 있지. 저 많은 쇳물을 일시에 얼릴 정도면…… 그 기물이 수명을 다할 만하지."

나는 포권하며 말했다.

"그래도 이 기물을 대가로 한 사람의 생명을 구했으니 충분히 수지는 맞는다고 생각합니다. 그 무엇보다 중요한 것이 사람의 생명이 아닙니까?"

나는 미소를 지었다.

"비록 기물을 잃었지만, 저는 만족합니다."

"허……."

"역시 선협미랑이군."

"……."

소단주들과 공자들이 모두 나를 칭송하기 시작했다.

"맞습니다!"

"세간에서 선협미랑, 선협미랑, 하는 이유가 있었습니다."

"이런 영웅이 우리 백대 상단 안에 있다니 든든합니다."

"역시 선협미랑이십니다."

"……."

으, 제, 제발 선협미랑이라는 명호는 좀…….

그 명호의 도움을 받을 때가 있기는 하지만, 막상 그

명호를 면전에서 들으면 온몸에서 두드러기가 날 것 같단 말이지.

그나저나 다행이다.

금령이가 제때 떨어트려 준 노리개 덕분에 오늘의 일은 내 순수한 실력이 아닌, 기물 덕분으로 넘어갈 수 있게 되었으니까.

"정말 죄송하게 되었습니다. 저 때문에 귀한 기물이 수명을 다하게 된 것 아닙니까?"

호경 공자는 진심으로 미안해하는 표정이었다.

"괜찮습니다. 이 기물이 제 손에 들어온 것은 어쩌면 오늘 호 공자를 구하기 위함이 아니었나 하는 생각이 드는군요."

"은 소단주……."

"이 기물은 기물의 쓰임을 다한 것뿐입니다. 덕분에 이렇게 호 공자가 목숨을 구했으니 이 기물도 기뻐할 겁니다."

와…….

내가 생각해도 나 진짜 말 잘하네.

그럼 이제 슬슬 마무리 지어야겠지.

"아무튼, 오늘 큰일이 있었으니 얼른 가서 심신의 안정을 취하는 게 좋을 듯합니다."

다른 이들도 이구동성으로 내 의견에 동의했다.

"은 소단주의 말대로입니다."

"철기방을 구경하는 건 여기까지 합시다."

"어서 가서 쉬도록 하십시오."

그렇게 철기방을 구경하는 건 마무리되었다.

나로서도 남궁강 상단주의 흉계를 막아 낼 수 있었으니, 만족스러운 하루였다.

곧 우리는 철기방의 현철로 만든 문을 통과해 나왔다.

"도련님!"

"주군!"

호철대가 다급하게 안으로 들어갔던 상황이다. 그렇기에 문 앞에서 대기하고 있던 시종과 호위들은 들어갔던 이들이 나오자 서둘러 주군의 안위를 확인했다.

팔갑과 내 호위들도 마찬가지였다.

"괜찮으십니까? 대체 어찌 된 일입니까요?"

그 물음에 나는 씩 웃었다.

"나중에 말해 줄게."

매의 눈으로 내 모습을 살피던 서우 무사가 말했다.

"다행히 다친 곳은 없으시군요."

"네."

그때 팔갑이 말했다.

"그런데 이 옷자락은 왜 태워 먹으셨습니까요?"

응?

팔갑은 내 옷자락을 손으로 들여 보였고, 나는 뭐라고 변명해야 할지 난감해졌다.

"그게 그러니까…… 하하하. 왜 옷자락이 탔을까?"

그때 한 사람이 끼어들었다.

"너무 그리 타박하지 말게나. 자네의 주군 덕분에 지금 이곳이 초상집이 되지 않은 것이니."

우리에게 다가온 자는 담심 상단주.

아까 질 나쁜 자제들에게 조롱당하던 담진 소단주의 아버지이자, 무동상단의 상단주다.

아까 같이 철기방을 견학했고, 내 활약을 지켜봤던 인물 중 하나.

그는 미소를 띠며 말했다.

"오늘 참으로 인상 깊었네. 그리고 내 아들을 도와준 것도 고맙네."

역시, 아까 담진 소단주가 안 좋은 일을 당했음을 알고 계셨구나.

"은혜는 잊지 않겠네."

이어서 조금 뒤에 서 있던 담진 소단주가 내게 포권하며 고개를 숙였다.

"소단주님과의 인연, 소중히 간직하겠습니다. 그리고 아까 베풀어 주신 친절, 잊지 않겠습니다."

그렇게 그들과 인사를 나눈 나는 주변을 살폈다. 호경 공자는 아직 주변을 정리하고 있었다.

나는 그에게 다가갔다.

"왜 아직 들어가지 않고 계십니까?"

내 물음에 그는 쓴웃음을 지었다.

"마지막까지 주어진 일은 해야죠. 제가 크게 다친 것도 아니잖습니까."

"……."

그리 말하는 그가 왜 이렇게 짠하게 느껴질까?

오늘 남궁강 상단주의 흉계는 막아 냈지만, 이것만으로는 그에게 엿을 먹일 수 없다.

분명 꼬리를 자를 테니까.

그러니까, 여기서 목격자의 존재가 중요하다.

"저, 사실 말씀드릴 것이 있습니다."

83장. 금계루의 숙수

금계루의 숙수

내 말에 호경 공자가 나를 보았다.

"아까 그 수작을 부렸던 자 말입니다. 어디선가 본 적이 있는 것 같았는데, 조금 전에 기억이 났습니다."

"어디입니까?"

"여기 제남에 도착해서 장시를 둘러보다가 매운 닭찜을 잘한다는 곳에 간 적이 있습니다. 금계루라는 곳이었습니다."

호경 공자가 고개를 끄덕였다.

"금계루라면 어딘지 압니다. 그곳의 숙수가 닭 요리에 일가견이 있지요. 그곳에서 막 야장을 만난 겁니까?"

"만난 건 아닙니다."

나는 말을 이었다.

"처음, 금계루에 들어갔을 때 점소이가 삼 층은 전세를

냈다고 해서 이 층에서 먹었습니다. 그리고 저는 살짝 삼층으로 올라갔었습니다."

"……."

"솔직히 삼 층 전세를 낸 자가 누군지 궁금했거든요. 놀랍게도 그곳에 아까 그자가 있었습니다."

"……."

"아시다시피 한 층을 통째로, 그것도 최고층을 빌리기 위해서는 상당한 돈이 듭니다. 그의 월봉이 그렇게 많습니까?"

"아닙니다."

그는 고개를 저었다.

"월봉을 많이 주긴 하지만, 그 정도는 아닙니다."

"그렇다면 그가 만난 누군가가 그 삼 층을 통째로 빌린 것이 아닐까 싶습니다."

"그렇겠군요."

일부러 상대의 정체까지는 말하지 않았다.

내 입으로 말하는 것보다 직접 조사해서 알아내는 것이 훨씬 효과가 좋을 테니까.

백염상단이 그럴 능력이 없는 것도 아니고.

남궁강 상단주가 난감해질 모습을 상상하니 절로 웃음이 나오네.

하지만 내 말은 아직 끝나지 않았다.

"아, 그러고 보니 그다음 날인가? 다음다음 날인가? 다루에서 누군가와 대화를 나누며 차를 마시는 모습을 봤습니다."

"네?"

"오른쪽 턱에 점이 하나 있는 남자였는데…… 혹시 몰라서 말씀드립니다."

"여러모로 감사합니다."

"그럼 저는 이만."

나는 그에게 정중하게 예를 갖추어 인사를 하고는 내가 머물고 있는 청산객잔으로 향했다.

"다녀왔느냐?"

객잔 안으로 들어가자, 아버지께서 나를 맞아 주셨다.

"네."

"그래, 철기방은 어땠느냐?"

"참으로 치열한 곳이었습니다."

내 대답에 아버지는 고개를 끄덕이셨다.

"네 말대로, 참 치열한 곳이지. 그래서 배운 것은 있느냐?"

"물론입니다. 백염상단이 괜히 천하제일상단은 아니더군요."

아까 철기방 곳곳을 유심히 살폈는데, 이전 삶과는 많은 게 다르게 다가왔다.

아마 그때의 나보다 현재의 내가 더 많은 것을 경험했기 때문이겠지.

내가 그곳에서 보고 깨달은 것들을 말하자, 아버지께서

는 흐뭇한 표정으로 고개를 끄덕이셨다.

"피곤할 텐데 가서 쉬도록 해라."

"네."

아!

그걸 말씀드리는 것을 깜빡할 뻔했네.

"저, 아버지. 사실 철기방에서 약간의 문제가 생겼었습니다."

"문제?"

"네. 철기방의 한 야장이 호경 공자를 해하려고 하는 바람에, 제가 그걸 막고 호경 공자를 구해 주었습니다."

나는 말을 이었다.

"와중에 제 경지를 드러내지 않기 위해, 다른 이들에게는 제가 기물을 사용했고 그 기물의 수명이 다 되었다고 설명했습니다."

사실 그대로의 설명이다.

음, 이 정도면 되겠지?

용광로가 엎어질 뻔한 위험천만한 상황이었지만……
때론 모르는 게 약일 수 있지.

"그랬구나. 호경 공자는 무사한 것이냐?"

"네. 다친 곳도 없습니다."

"그거 천만다행이구나. 너도 잘했다. 그래, 도울 수 있으면 돕고 살아야지."

"저도 그리 생각합니다. 그러면 이만 올라가 보겠습니다."

* * *

은길상은 위층으로 올라가는 은서호의 뒷모습을 바라보았다.
'음, 뭔가 이상한데……'
그는 눈을 가늘게 떴다.
은서호가 자신이 누군가를 구했다고 설명하는 것이 너무나도 간결했기 때문이다.
마치 최소한으로 축소하려고 하는 것처럼.
물론 은서호의 성격이 그런 것을 떠벌리는 성격은 아니니 그럴 수도 있다.
하지만 그는 은서호의 아버지.
어머니만 그런 감이 있는 게 아니다. 아버지도 아버지 나름의 감이 있다.
'춘일에게 정보를 부탁해야겠군.'
하지만, 결과적으로 그럴 필요는 없었다.

다음 날 아침.
식사를 마쳤을 때 점소이가 다가왔다.
"저, 손님. 백염상단의 상단주님께서 찾아오셨습니다."
"네?"
은길상은 깜짝 놀랐다.
천하제일상단의 상단주가 아침부터 자신을 찾아온 것이니까.

"바로 안으로 모셔 주십시오."

"알겠습니다."

그리고 그는 고개를 돌렸는데, 은서호는 그런 자신의 눈길을 피했다.

'확실히 수상하군.'

곧 백염상단의 상단주 호주신이 객잔으로 들어왔다.

"이 이른 아침에 어인 일이십니까?"

"자네 아들에게 큰 은혜를 입었는데 너무 늦게 찾아와서 미안하네."

"그러고 보니 서호가 어제 호 공자를 구해 주었다고 하더군요. 호 공자는 괜찮습니까?"

"괜찮네. 지금도 열심히 일을 하고 있지."

"참 다행입니다."

"모두 자네 아들 덕분이지. 하마터면 용광로의 쇳물이 내 손자를 덮칠 뻔했는데 그 위험을 무릅쓰고 내 아들을 구해 주었네. 그것도 기물까지 희생하면서 말이야."

"……."

그 말에 은길상은 기가 막혔다.

'쇠, 쇳물? 그런 이야기는 없었…….'

물론 은서호가 대책 없이 그럴 사람이 아님은 안다. 제 안위는 기가 막히게 챙기니까.

하지만, 그래도 아버지의 마음은 그게 아니다.

'이따가 혼을 좀 내…… 기도 그렇고, 내지 않기도 그렇고…….'

순간 그는 움찔했다.

바로 옆에서 한기가 느껴졌기 때문이다. 그 한기는 다름 아닌 자신의 부인에게서 흘러나오고 있었다.

"제, 아들이, 그랬단, 말이죠?"

"……."

그는 속으로 중얼거렸다.

'서호야. 이건 나도 못 말린다.'

* * *

내 객실로 돌아온 나는 침상에 드러누웠다.

"괜찮으십니까?"

그런 나를 보며 팔갑이 물었다.

"안 괜찮아."

나는 지금 어머니께 엄청 혼나고 오는 길이다.

오늘 아침 백염상단의 상단주님께서 감사를 전하기 위해 오셨는데, 그 자리에서 내 활약을 세세하게 말씀하신 것이 문제였다.

아, 그런 건 좀 비밀로 해 주시면 안 됩니까?

당연히 어머니께서는 크게 놀라셨고, 백염상단의 상단주님께서 돌아가시자마자, 어머니께 불려가 잔뜩 혼나고 왔다.

"제가 뭐라고 위로의 말씀을 드려야 하는지 모르겠지만 말입니다요."

팔갑이 나에게 말했다.

"그래도 혼을 내시는 어머니가 계신 것을 감사하게 여기셔야 합니다요."

"……."

팔갑은 어머니를 여읜 상태다.

아주 어릴 적에 돌아가셨다고 한다.

나는 침상에서 몸을 일으키며 말했다.

"그건 나도 알아. 그런데 말이지, 내가 어머니께 혼이 나서 안 괜찮다고 한 시점에서 그렇게 말하면 내가 쓰레기가 되잖아."

"음, 그러고 보니 그렇습니다요."

일부러 그랬구나.

사실 어머니가 나를 혼낸 주된 이유는 왜 위험하게 그런 일을 했느냐는 것이었다.

하지만, 어머니.

죄송합니다만 그렇게 안전하게만 살아서는 제 목표를 이룰 수 없습니다.

그러니 어머니께 걱정만 끼쳐드리고, 앞으로도 걱정을 끼쳐드릴 불효자를 용서해 주십시오.

그나저나 그 일이 실패했음이 벌써 남궁강 상단주의 귀에 들어갔을 텐데.

꽤 열 받겠네.

그를 떠올리자 문득 생각이 나는 것이 있었다.

바로 금계루의 매운 닭찜 요리.

크게 놀란 부모님께 사과드릴 겸, 오늘 그곳에서 저녁을 먹으러 가야겠다.

"팔갑아."

"네?"

"오늘 금계루의 삼 층, 우리가 전세 낸다고 해."

.

.

.

저녁이 되었다.

나는 시간에 맞춰 부모님과 함께 금계루로 향했다.

"오늘 모처럼 아들이 사 주는 저녁을 먹는 건가?"

"네."

나는 뒷목을 긁적이며 말했다.

"제가 잘못한 것도 있고…… 그리고 그곳에서 매운 닭찜을 먹는데 두 분 생각이 나더라고요."

"어머, 그래?"

"네. 그래서 언제 한번 모시고 와야겠다 생각했습니다."

내 말에 어머니는 감동한 표정이 되었다. 아버지 역시 흐뭇한 미소를 지으셨고.

그 모습에 나는 뭔가 쑥스러워졌다.

곧 우리는 금계루에 도착했다.

"어서 오십시오. 삼 층을 빌린 분들이시죠?"

"네. 그렇습니다."

"안내해 드리겠습니다."

우리는 점소이의 안내를 받아 삼 층으로 올라갔다.
"어머……."
어머니께서는 삼 층에서 보이는 풍경을 보며 감탄을 내뱉으셨다.
나 역시 생각보다 아름다운 풍경에 마음을 뺏겼다.
금계루는 살짝 외각에 있었다.
그 말은 즉, 제남의 번화가를 볼 수 있다는 의미다.
그리고 지금 시간은 번화가에서 등불을 켤 시간이다.
그 모습을 이렇게 높은 곳에서 바라보니 참 장관이었다.
"참 아름다운 풍경이죠?"
뒤를 돌아보니 여인 한 명이 웃으며 다가오고 있었다.
기품이 느껴지는 것을 보니, 점소이는 아닌 듯했다.
설마 이곳의 루주인가?
"이 풍경에 반해서 이곳에 누각을 지었답니다."
"그러셨군요. 정말 좋은 곳에 지으신 것 같습니다."
"감사합니다. 저는 이곳 금계루의 루주, 장은옥이라고 합니다."
"은해상단의 상단주 은길상입니다. 그리고 여기는 내 내자 되는 사람입니다."
아버지의 소개에 어머니가 살짝 고개를 숙여 보였다.
"소단주 은서호입니다."
나 역시 인사를 했다.
"오늘 귀하신 분들이 삼 층을 통째로 빌렸다고 하기에 인사를 드리러 왔습니다. 곧 음식을 내오겠습니다."

"이렇게 직접 맞아 주시니 감사하군요."

우리는 식탁에 앉았고, 곧 점소이들이 음식을 나르기 시작했다.

우리가 앉은 식탁을 중심으로 하여 다른 식탁에는 우리와 함께 온 이들이 앉았다.

팔갑이나 내 호위들, 그리고 아버지의 부관과 은풍대의 부대주를 비롯해 우리 상단의 고용인이나 가솔들.

"그럼 맛있게 드시고, 즐거운 시간 되시기 바랍니다."

"감사합니다."

장은옥 루주는 음식들이 차려지자, 우리에게 인사를 한 후 내려갔다.

"아버지, 어머니. 그럼, 맛있게 드세요."

"그래, 잘 먹으마."

"잘 먹을게."

우리는 요리들을 향해 젓가락을 가져갔다. 그리고 매운 닭찜 요리를 접시에 덜어 먹기 시작했다.

"음?"

"어머!"

예상대로 부모님은 매운 닭찜 요리의 환상적인 맛에 감탄을 표하셨다.

"정말 맛있구나!"

"이렇게 맛있는 닭찜 요리는 처음이네."

좋아하시는 모습을 보니 부모님을 모시고 온 보람이 있었다.

그렇게 음식을 어느 정도 먹은 후, 나는 젓가락을 내려놓고 고개를 숙였다.

"아버지, 어머니."

"……?"

"다시 한번 죄송합니다. 본의 아니게 걱정을 끼쳐드렸습니다."

그러자 어머니께서 고개를 저으셨다.

"아니다. 나 역시 미안하구나. 사실, 누군가의 목숨을 구한다는 건 지극히 올바른 일인데…… 칭찬을 하지는 못할망정 꾸중만 했으니 말이다."

"아닙니다. 어머니께서는 당연히 저를 걱정하셔서 그리 말씀하시는 거 알고 있습니다."

"그리 말해 주니 고맙구나."

그렇게 분위기는 화기애애해졌다.

역시 분위기를 푸는 데에는 맛있는 것을 먹는 것이 최고다.

"험험."

아버지께서는 그런 분위기가 못내 쑥스러우셨던지 설렁줄을 당겨 점소이를 불렀다.

"네, 부르셨습니까?"

"혹시 이 금계루의 숙수를 뵐 수 있나?"

"네? 숙수님을요?"

"오늘 요리가 너무 맛있어서 숙수께 개인적으로 감사 인사를 드리고 싶어서 그러네."

"한번 말씀드려 보겠습니다."

그 점소이는 밑으로 내려갔고, 잠시 후 그 점소이와 함께 한 남자가 올라왔다.

그 남자는 생각보다 젊었는데, 서른 살 정도로밖에 안 보였다.

"본 루의 숙수이십니다."

점소이의 말에 아버지는 자리에서 일어나 자신을 소개했다.

"나는 은해상단의 상단주 은길상이라고 하네."

"금계루의 숙수 황석이라고 합니다."

"내 오늘 황 숙수의 요리에 크게 감동했다네. 하여 이렇게 맛있는 음식을 대접해 준 것에 대해 감사를 표하기 위해 이리 청했네."

아버지는 말을 이으셨다.

"물론 내가 찾아가서 감사를 표하는 게 맞지만, 주방은 외인이 함부로 들어가는 곳이 아니라고 알고 있네."

"맞습니다."

"하여 부득이하게 이리 청했네."

"그러셨군요."

황 숙수가 부드럽게 말했다.

"제 요리에 이렇게 극찬을 해 주시니, 제가 오히려 몸 둘 바를 모르겠습니다."

그는 그렇게 머쓱하게 웃고는 우리에게 양해를 구했다.

"송구합니다만, 주문이 계속 들어와서 오래 인사드릴

수가 없을 것 같습니다."

"아! 내가 미처 그 생각을 못 했군. 다시금 고맙네. 그만 가 보게나."

"그럼 이만."

황 숙수는 아래로 내려갔고, 우리는 다시 식사를 했다.

그때, 나는 다른 의미로 살짝 머리가 복잡했다.

황석이라고 자신을 소개한 숙수는 틀림없는 무림인이었기 때문이다.

이전 삶에서 내가 이곳에 방문했을 땐 이미 금계루는 없었다.

아니, 이 건물 자체가 없었다.

그 말은 즉, 이 건물이 홀랑 타 버렸다는 의미인데?

대체 무슨 일이 있던 거지?

비록 나무로 만들어져 있지만, 화재가 일어난다고 해도 홀랑 다 타 버리진 않는다.

타다가 꺼지는 경우가 대부분이니까.

홀랑 타 버리는 경우는 한 가지뿐이다. 누군가가 이곳을 전소시키기 위해 인위적으로 불을 질렀을 때.

그럼 여기서 한 가지 의문이 더 생긴다.

금계루를 불태운 건 누구였을까?

본인들이 스스로 태웠을까? 아니면 다른 누군가가 그랬을까?

어렵네. 뭐, 아무 실마리도 없으니…….

일단 용웅완 선장이 인선을 마무리하기로 한 날까지 며

칠 남았으니, 그간 이 금계루에 대해 한번 알아봐야겠다.
 단순히 심심하다거나 하는 그런 이유 때문은 아니다.
 내가 지금 할 일이 얼마나 많은데!
 단지, 나와 부모님을 감동하게 할 만큼 맛있는 음식을 만드는 곳이 사라지면 너무 슬플 것 같으니까.

 식사를 마친 우리는 일 층으로 내려왔다.
 "잘 먹었습니다."
 "정말 맛있었습니다."
 우리는 루주 장은옥과 인사를 나누고 금계루를 나섰다.
 "아버지, 어머니, 먼저 가세요. 저는 계산하고 따라가겠습니다."
 "알겠다."
 나는 루주에게 물었다.
 "모두 얼마입니까?"
 "네, 모두 해서……."
 와, 생각보다 식대가 어마어마하게 나왔네.
 하지만 이 정도 음식이면 이 값이 아깝지는 않다.
 "그리고 내일 저녁에 삼 층을 빌리고자 합니다. 가능할까요?"
 "네. 가능합니다."
 내일은 모처럼 만난 또래들과 모임을 할 생각이다.
 "그럼, 내일도 저녁에 삼 층을 빌리도록 하겠습니다."
 "알겠습니다. 준비해 놓고 있겠습니다."

"그럼 저는 이만."

나는 포권하여 인사를 한 후 그곳을 나섰다.

그렇게 금계루에서 조금 멀어졌을 때, 진유 무사가 말했다.

"주군, 아까 황 숙수 말입니다."

"네."

진유 무사도 뭔가 이상한 걸 느꼈나?

무림인이 이런 곳의 숙수를 하는 것도 그렇고, 기운이 좀 이상하긴 했는데…….

"살수였습니다."

아…… 그제야 나는 그의 기운이 특이하게 느껴진 이유를 알 것 같았다.

마치 내 앞에 있음에도 없는 듯한 그런 기분?

존재감이 없는 그건 그의 내공의 특성인 듯했다.

일단 그건 제쳐 두고, 그런 자가 왜 그곳에서 일하고 있는지가 중요하다.

"살수라면, 누군가를 죽이기 위해 숙수로 일하고 있다는 건가요?"

"음, 그건 아닌 듯합니다."

진유 무사는 고개를 저었다.

"분명 살수 출신인 건 맞으나, 현재는 아닙니다."

"그건 무슨 뜻입니까?"

"피 냄새가 나지 않습니다."

진유 무사의 말에 나는 고개를 갸웃했다.

"그런데 그 피 냄새라는 건 어떻게 느끼는 겁니까?"
"네?"
"솔직히 저는 잘 모르겠거든요."
 누군가를 봤을 때 기분이 쎄해지거나 경각심이 생기거나 그런 건 있다.
 덕분에 몇 번이나 위기를 벗어날 수 있었지.
 하지만 진유 무사는 정확하게 피 냄새라고 했고 그게 궁금한 거다.
"진짜 피 냄새가 나는 건가요?"
 내 물음에 진유 무사는 고개를 끄덕였다.
"네. 납니다."
"네에? 진짜요?"
 나만 놀란 건 아니었다. 다른 호위무사들도 놀란 표정이었다.
 서우 무사가 턱을 쓰다듬으며 말했다.
"그러고 보니 일전에 들은 말이 있네. 일정 수준 이상에 오른 살수들은 동류들의 냄새를 맡을 수 있다고."
 진유 무사가 고개를 끄덕였다.
"제가 죽을 고비를 한 서른 번 정도 넘겼을 때 그런 능력이 생겼습니다."
"……."
 그 말에 나는 말문이 막혔다.
 전에 진유 무사가 말했었다. 살수를 양성하는 과정은 비정함의 끝을 보는 일이라고.

그런 능력을 얻었다는 건 그만큼 겪은 고통이 컸다는 의미이기도 했다.

수많은 사선을 넘으면서도 미치지 않은 게 용하네.

그게 가능한 건 아마도 그를 지탱해 주는 무언가가 있었기 때문이었을 거다.

그게 무엇인지는 아직 모르지만.

"아무튼, 그 후로 저는 살수가 어디에 있든지 찾아낼 수 있게 되었으며 그 경지 또한 알 수 있게 되었습니다."

아…… 그래서 살수가 어디에 있는지 그렇게 잘 찾아냈던 거구나.

"아, 제가 지금 말한 경지는 단순한 무공의 경지가 아니라 살수의 경지를 의미합니다."

이에 서우 무사가 추가로 설명해 주었다.

"물론 경지가 높을수록 누군가를 잘 죽일 수 있다는 뜻이죠."

그렇긴 하지.

무공이 정신 수양이라는 목적으로도 많이 쓰이지만, 일반적으로는 살인술이니까.

"하지만 그게 암살을 잘한다는 것을 뜻하지는 않습니다. 무림인들은 대놓고 죽이는 편이지, 몰래 죽이는 것을 선호하지는 않으니 말입니다."

"그렇긴 하죠."

그래서 무림인들에게 그렇게 은원의 굴레가 많은 것이다.

"진유 무사가 말한 경지라는 건 얼마나 은밀하게 죽일 수 있는지에 대한 것입니다."

"그러니까 살수들에게도 급이 있다는 거군요."

"맞습니다."

내 뇌리에 진유 무사의 전음이 들렸다.

- 그 등급의 가장 위가 바로 '살왕'입니다.

살왕? 살왕이라면…….

나는 고개를 돌려 팔갑을 보았다.

있는 듯 없는 듯 항상 내 옆에 있는 팔갑.

"뭐 시키실 거 있으십니까?"

"……아니."

* * *

주방을 정리한 황석은 밖으로 나왔다.

"정리 다 끝났어요?"

"아, 은옥."

그를 부른 것은 루주인 장은옥이었다.

또한, 보고 또 봐도 계속 보고 싶은 그의 부인.

그녀는 황석의 뒤에서 두 팔로 허리를 감싸 안으며 물었다.

"왜요? 무슨 일 있어요?"

그는 그런 그녀의 팔을 어루만지며 말했다.

"그냥, 가을이 다가와서 그렇소……."

"그렇군요."

가을.

가을은 그 부부에게 특별한 계절이다. 황석이 검을 버리고 식도를 잡게 된 계절이 바로 가을이니까.

"오늘도 수고 많았어요."

"당신이야말로 수고 많았소."

오늘 저녁에는 상당한 수의 단체 손님이 왔었다. 은해상단에서 삼 층을 통째로 빌려서 먹고 갔으니까.

많은 양을 준비하느라 피곤하긴 했지만, 그만큼 수입도 많아서 점소이들에게 추가금을 줄 수 있었다.

"피곤할 텐데 먼저 들어가서 자도록 하시오."

"이대로, 조금만 더 있다가요."

그녀의 말에 황석은 낮게 미소 지었다.

솔직히 그녀를 만나기 전까지는 이런 미래를 생각해 본 적도 없었다.

'임무에 실패해서 고문당하다가 죽거나, 그도 아니면 자결하는 신세지 않았을까.'

꿈도 희망도 없는 그런 삶을 살던 그에게 삶의 의미를 주고, 용기를 준 이가 바로 그녀였다.

그녀가 있었기에 살수를 그만둘 수 있었으니까.

그는 며칠 전 긴장했던 때를 떠올렸다.

살수가 이 금계루에 손님으로 찾아온 것이다.

그것도 살선의 경지에 이른 자가.

살수에게도 경지가 있었다.

처음 살행에 나섰을 때를 살아(殺兒)라고 불렀다. 어린아이와 같다는 거다.

어느 정도 살행이 손에 익으면 살군(殺君).

진정한 암살자가 되면 그땐 살선(殺仙)이라 불리었다.

그다음은 최상위 경지인 살왕(殺王)이다.

마음만 먹으면 그 누구도 죽이지 못할 자가 없다는 경지.

묘한 것은 살선의 경지에 이른 그 암살자의 일행 중에 살왕의 기운을 가진 자가 있었다는 거다.

그런 자들이 자신이 일하는 반점에 왔다는 건 분명 목적이 있을 터.

나에 대해 듣고 포섭하러 온 건가?

어느 쪽이든 달갑지 않았다.

하여 극도로 긴장했지만…….

"와! 이거 진짜 맛있다!"
"그러게 말입니다요. 이거 한 번 더 시켜도 됩니까요?"
"이거 추가로 시킨 거잖아."
"……안 됩니까요?"
"……시켜."

그냥 닭찜만 실컷 먹고 갔다.

혹시나 그 뼈 사이에 뭔가를 남겼나 싶어서 자세히 살펴봤지만…… 아무것도 없었다.

그가 알 수 있던 것은 살 하나 없이 깔끔하게 발골했다는 것뿐.

자신이 만든 닭찜이 매운 닭찜인지 간장 닭찜인지 모를 정도로.

그래서 의아해하고 있었는데, 그들이 다시금 손님으로 방문했다.

그제야 그들이 은해상단의 일원이라는 것을 알게 되었다.

그날, 은해상단주가 감사 인사를 하고 싶다면서 자신을 불렀다.

솔직히 만나고 싶지 않았지만, 손님의 요청을 거절할 수는 없었다.

그리고…… 가까이서 보자, 알 수 있었다.

살선의 경지에 이른 자는 이미 살행을 그만둔 지 제법 되었다는 것을.

피 냄새가 거의 나지 않았으니까.

그리고 살왕의 기운을 가진 자에게서는 전혀 피 냄새가 나지 않았다.

살왕쯤 되면 피 냄새를 감출 수 있게 된다고 하지만 그것과는 궤가 다른 느낌.

그냥 시종이었다.

그제야 그는 자신이 예민하게 굴었음을 알아차렸다.

"황랑."

"왜 부르시오?"

"황랑은 그 길을 떠난 것을 후회하시나요?"

"그럴 리가 있소? 나는 그 길을 진작에 떠나지 못한 것을 후회하오."

그는 몸을 돌려 장은옥의 얼굴을 어루만지며 말했다.

"피곤해 보이니, 어서 들어가 쉬시오."

"조금만 더 있다가요."

"나도 금방 들어갈 테니, 어서 들어가시오."

그제야 그녀는 고개를 끄덕이며 안으로 들어갔다.

황석은 그 뒷모습을 바라보다가 그녀의 모습이 완전히 사라지자, 몸을 돌리며 말했다.

"나오시게나."

그 말에 곧 그 앞에 누군가 모습을 드러냈다.

"아까 보고 또 보는군."

"선배님을 뵙습니다."

"쯧쯧, 선배라니. 이미 그 길을 떠나 왔으니, 선배가 아닐세."

"그렇기에 선배라고 부르는 겁니다."

"……?"

"저 역시 그 길을 떠나왔으니 말입니다."

"그래서…… 나를 찾아온 이유가 뭔가?"

"주군의 전언을 전하고자 찾아뵈었습니다."

"전언?"

"네. 만약 금계루에 일이 닥친다면, 매운 닭찜 요리를 더 이상 먹지 못하게 될 일이 생긴다면 언제든지 도움을 청해 달라고 하셨습니다."

"……?"

"제 주군께서 매운 닭찜 요리를 무척 마음에 들어 하신 모양입니다."

"그런가?"

그때 문득 그는 궁금한 것이 생겼다.

"그런데…… 자네의 주군은 자네의 출신에 대해 알고 있나?"

"물론이십니다. 저를 직접 그곳에서 꺼내 주신 분이 주군이십니다."

"그럼, 살왕의 기운을 품고 있는 자는?"

"아, 시종입니다."

"시종?"

"예, 주군의 시종입니다. 그 재능에 대해서라면 본인도, 주군도 알고 있습니다."

"그런데 그 재능을 살리지 않는 건가?"

"지금도 충분히 살리고 있습니다."

"그건 또 무슨 소리인가? 내가 볼 땐 그냥 시종으로……."

"네. 시종으로 그 재능을 잘 살리고 있습니다. 제가 그에게 살수의 기술을 알려 주고 있는데…… 본인은 그게 시종의 일을 하는 데 도움이 된다면서 좋아하더군요."

"자네의 주군은?"

"전혀 개의치 않으십니다."

"참으로 신기한 사람이군. 자네의 주군이라는 자는……."
"신기하다기보다는, 대단한 분입니다."
그리 말한 그는, 진유는 말을 이었다.
"그러니, 주군의 전언을 잊지 않으셨으면 합니다."

* * *

나는 청산객잔으로 돌아오자마자 방으로 돌아왔다.
밀린 일들을 해야 했기 때문이다.
그렇게 얼마쯤 일을 했을까.
"주군. 진유입니다."
"아, 들어오세요."
문이 열리고 진유 무사가 들어왔다.
"말은 전하셨나요?"
"네."
그는 고개를 끄덕였다.
나는 금계루의 숙수에게 말을 전해 달라고 그에게 부탁했다.
이전 삶의 기억대로라면 조만간 금계루가 통째로 사라질 만한 일이 생길 테니까.
그게 무슨 일인지는 모른다.
하지만 손 놓고 그곳이 사라지는 것을 바라보는 것보다는 낫다고 생각한다.
용응완 선장이 인선을 하는 것을 기다리는 것도 그렇

금계루의 숙수 〈287〉

고, 아버지께서도 볼일이 있다고 조금 더 머무를 거라고 하셨으니까.

.

.

.

날이 밝았다.

오늘은 백염상단에 가기로 했다.

백염상단의 호주신 상단주가 정식으로 나를 초대했기 때문이다.

그리고 오늘 저녁에는 아직 제남에 머무르고 있는 복윤 소단주와 사강 소단주, 한백건 소단주 그리고 담심 소단주와 함께 저녁을 먹기로 했다.

장소는 금계루다.

맛있고 좋은 곳은 널리 널리 알려야지.

"그럼, 다녀오겠습니다."
"잘 다녀오거라."
"조심히 다니렴."
"네."

나는 부모님께 인사를 드리고 객잔을 나섰다.

그리고 저자에 들러 적당한 선물을 사서 백염상단으로 향했다.

"어디서 오셨습니까?"

철기를 다루는 곳이라서 그런 건지, 아니면 최근 불미

스러운 일이 있어서 그런 건지.

문지기의 기세가 무척 삼엄했다.

"은해상단의 은서호입니다. 오늘 상단주……."

내 말이 끝나기도 전에 그는 깍듯하게 고개를 숙였다.

"은 소단주님을 뵙습니다."

"어서 오십시오! 기다리고 있었습니다."

그 급격한 태도 변화는 나조차도 당황스러울 정도였다.

"그리고……."

그 문지기는 나에게 말을 이었다.

"이번에 저희 공자님을 구해 주셨다고 들었습니다. 진심으로 감사드립니다."

그 말에 상단 사람들이 호경 공자를 얼마나 많이 아끼는지 알 것 같았다.

나는 부드럽게 대답했다.

"그저 해야 할 일을 했을 뿐입니다."

"그리 말씀하실 줄 알았습니다. 제가 안내해 드리겠습니다."

나는 그의 안내를 받아 안으로 들어갔고, 나를 맞이하러 온 시종을 따라 접빈실로 향했다.

접빈실 의자에 앉자, 시녀가 다과를 차려 주었다.

와…….

다과를 보고는 감탄을 내뱉을 수밖에 없었다.

백염상단에서 나를 어떻게 생각하는지 알 것 같았으니까.

사실 모든 손님을 차별 없이 대해야 하지만, 현실적으로 그러기는 쉽지 않다.
 다과의 가격은 천차만별이고, 모든 손님에게 비싼 다과를 내줄 순 없으니까.
 그래서 이런 경험이 많은 이들은 자신에게 내준 다과를 보고 자신에 대한 대우를 파악할 수 있다.
 그리고 그래야 한다.
 주제를 넘어서는 언행으로 관계가 끊어지지 않도록.
 지금 나에게 내온 과자는 말린 살구를 얹고 꿀을 뿌리고 그 위에 금가루까지 뿌린…….
 이거…… 먹어도 되는 거지?
 그만큼 나에게 고맙다는 의미인가 보네.
 나는 차를 마시며 새삼 호경 공자를 살리기를 잘했다는 생각이 들었다.
 문득, 그를 봤을 때 느껴졌던 위화감이 떠올랐다.
 뭐였지?
 분명 이전 삶과 좀 달랐던 것이…….
 너무 생각에 깊이 잠겼던 걸까?
 찻주전자를 들어 차를 따르다 그만 차가 넘치고 말았다.
 "아! 뜨거!"
 "괜찮으십니까요?"
 "응……."
 "조심하시지 그러셨습니까요?"
 팔갑이 얼른 손수건으로 내 손과 옷자락을 닦아 주었다.

아…… 내가 느꼈던 위화감이 뭔지 이제야 기억이 났다.

이전 삶에서 호경 공자는 뜨거운 것을 극도로 싫어했다는 것을.

심지어 차도 다 식혀서 먹었는데…….

원래는 그러지 않았는데, 모종의 사건으로 인해 그리되었다고…….

설마, 그 모종의 사건이 이번에 일어난 그 사고 때문인 건가?

그때는 내가 없었음에도 무엇 때문인지 살아남았던 모양이다.

그나저나, 그러면 그때도 단순한 사고가 아니라 백천상단에서 백염상단에 농간을 부렸었다는 건가?

이번보다 좀 이른 시기에 그런 일이 벌어졌다는 거군.

아마도 시기가 달라진 건 나 때문이겠지.

그런 생각을 하면서 금가루가 뿌려져 있는 과자를 집어 입에 넣었다.

역시 금가루가 뿌려져 있어서 그런가 맛있…….

아! 내가 금령이는 아닌데.

그때 시녀의 목소리가 들렸다.

"상단주님께서 오셨습니다."

나는 얼른 자리에서 일어났다.

곧 문이 열리고 호주신 상단주와 그의 아들, 그리고 호경 공자가 들어왔다.

"이리 초대해 주셔서 감사합니다."

공손하게 예를 취했고, 우리는 자리에 앉았다.

"일전에 내 손자를 구해 준 일, 정말 감사하게 생각하네."

"아닙니다. 그저 눈앞의 사고를 지나치지 못한 것뿐입니다."

"그것이 바로 영웅이라는 거지. 역시 선협미랑이라 불리는 이유가 있군."

……그 부담스러운 이름, 누가 안 가져가나?

아무리 들어도 적응이 안 된다.

"아, 다과는 마음에 드나?"

"네, 무척 맛있습니다."

"마음에 든다니 다행이군. 그나저나 일전에 그 일로 인해 자네의 기물이 수명을 다했다고 하던데."

그는 품에서 상자 하나를 꺼내어 나에게 주었다.

"받게나."

나는 상자를 열어 보았다.

"이건?"

"새로 냉기를 담은 기물을 하나 구했네."

"……."

그거 그냥 싸구려 노리개였는데…….

방금 먹은 다과가 얹히는 기분이었다.

나는 얼른 그 상자를 호주신 상단주 앞으로 다시 밀며 말했다.

"죄송합니다. 저는 이걸 받을 수 없습니다."
"내 손자를 구하기 위해 기물을 사용했고 그로 인해 그 기물의 수명이 다했다고 하지 않았나?"
"그 일이 아니었어도 어차피 수명을 다했을 기물입니다."
"그래도 그 일로 인해 더 일찍 수명이 다한 거 아닌가?"
"꼭 그렇다고만 할 수 없습니다."
나는 한사코 거절했지만, 호주신 상단주도 물러나질 않았다.
이걸 어찌해야 할지 진짜 난감하네.
내가 진짜 기물을 사용했었다면 모르지만, 그게 아니었으니까.
송장 치고 살인했다는 게 이런 경우에 쓰이는 말이었던가.
그땐 금령이 던져 준 노리개로 내 경지를 어찌어찌 잘 숨겼다고 생각했는데…….
이래서 사람이 거짓말을 하면 안 되는 건가…… 싶었지만, 어쩔 수 없었다.
어디에 무림맹의 숨겨진 눈과 귀가 있을지 모르니까.
그리고 내 경지는 복수를 위해 숨겨야 하는 발톱이고.
내가 계속해서 사양하자 호주신 상단주는 나를 재촉하였다.
"어허! 어서 받으래도 그러는구먼."
"왜 받지 않으십니까?"

"혹, 기물이 마음에 들지 않는가?"

호주신 상단주로도 모자라, 호경 공자와 그 아버지까지 재촉하자 더 사양할 수가 없었다.

그래, 호경 공자를 구해 준 것도 있으니 그냥 받자.

"그럼 염치 불고하고 감사히 받도록 하겠습니다."

"잘 생각했네."

나는 그 기물을 받아 옆에 놓았다.

그러자 호경 공자의 아버지가 말을 꺼냈다.

"그리고 호경이가 자네 덕분에 큰일을 면했으니, 감사의 사례는 또 따로 하는 게 맞는 것 같네. 하여 이걸 준비했으니 받아 주시게."

그리고 나에게 봉투 하나를 내밀었다.

나는 그걸 받아 열어 보았다.

"……."

그 안에 들어 있는 건 철로 만들어진 패였다.

"뭐든 원하는 철기가 있다면 요구할 수 있는 패라네. 제국 어디서든 우리 백염상단의 철물점에서 사용할 수 있네."

어지간한 양의 금보다 훨씬 가치가 높다.

진심이시구나.

이미 기물도 받았으니 안 받을 수가 없네.

설마 이래서 기물 먼저 내미신 건가?

허…….

왠지 한 방 먹은 듯한 기분이다.

"감사히 받겠습니다."

그때 호주신 상단주가 나에게 물었다.

"아직 식전인가?"

"네. 그렇습니다."

"잘됐군. 그럼 간단히 점심이라도 함께 하겠나?"

"좋습니다."

왜 이 시간에 오라고 하셨나 했는데, 식사를 같이 하기 위해서였군.

"그럼 일어나지."

"예."

우리는 상단 내에 있는 식당으로 향했다.

그리고 이내 수많은 만두가 넓은 식탁에 가득 차려지기 시작했다.

저기, 상단주님? 이거 누가 봐도 절대 간단한 점심이 아닙니다만…….

"먹지."

"잘 먹겠습니다."

잘 먹고 죽은 귀신은 때깔도 좋다는데, 먹어야지.

식탁에 차려진 만두들은 그 가짓수만 해도 스무 가지가 넘을 정도였다.

덕분에 온갖 종류의 만두를 맛볼 수 있었다.

그렇게 즐거운 점심 식사를 마치고, 우리는 차를 마시며 이야기를 나누었다.

그러다가 어느새 내가 최근에 읽은 서책을 주제로 이야기를 나누게 되었다.

"허허, 자네도 그 서책을 읽었는가?"

"네. 얼마 전에 추천을 받아서 그 서책을 읽었습니다."

"그래, 추천해 줄 만한 서책이지. 참 생각할 것이 많다고 할까. 특히 그 세 번째 장에서……."

마침 얼마 전에 읽었던 서책이라 대화를 받아 주자, 호주신 상단주는 신이 나서 이야기를 이어 갔다.

그 모습을 보자 그 지루한 서책을 읽은 보람이 느껴졌다.

그렇게 호주신 상단주와 대화를 나누고 있을 때 시종이 찾아왔다.

"상단주님, 즐거운 시간 중에 송구하지만 이제 곧 서가 상단주와 약속하신 시간입니다."

"아! 시간이 벌써 그리되었나? 알겠네."

그는 자리에서 일어나며 말했다.

"자네와 이야기를 나누다 보니 시간이 참 빨리도 지나가는군. 자네의 식견도 참 놀랍고."

"과찬이십니다."

"그리고 이 노인네의 대화 상대가 되어 주느라 고생 많았네."

"아닙니다. 저 역시 즐거웠습니다."

"언제라도 찾아오게나. 내 자네와의 만남을 늘 고대하고 있겠네."

아까는 나에 대한 감사의 감정이 커 보였지만, 지금은 말이 통하는 벗을 만났다는 반가움과 기쁨이 더 커 보였다.

"그럼, 살펴 가게나."

"네, 다음에 뵙겠습니다."

그렇게 호주신 상단주가 떠나자, 아들인 소단주 역시 자리에서 일어났다.

"나 역시 곧 선약이 있어 먼저 일어나겠네."

"네. 오늘 즐거웠습니다."

"경이와 조금 더 이야기를 나눠도 좋고, 편한 대로 하게. 그럼 살펴 가게나."

"네."

그렇게 두 어른이 자리를 뜨고, 나와 호경 공자만이 남았다.

나는 뒷목을 긁적이며 말했다.

"이렇게 많이 받아도 탈이 나지 않을지 걱정입니다."

"그런 말씀 마십시오. 소단주께서 충분히 소화하실 만한 것들입니다."

호경 공자는 말을 이었다.

"솔직히 더 많은 것을 주시려는 것을 간신히 말렸습니다. 소단주께서 부담스러워하실 것 같아서요."

"잘 하셨습니다."

"저희 가훈이 받은 건 두 배로 돌려주라는 것이다 보니 다들 더 그러신 겁니다. 오해 없으셨으면 합니다."

"그렇군요. 정말 바람직한 가훈입니다."
"그래서……."
탁.
호경 공자가 옷소매 안에서 뭔가를 꺼내어 탁자 위에 올려놓았다.
이건…….
그걸 본 나는 흠칫할 수밖에 없었다.
"이건, 비수가 아닙니까?"
대체 무슨 의미로 이걸…… 나에게 주는 거지?
그는 사뭇 비장하게 말했다.
"소단주께서 제 목숨을 구해 주셨으니, 저 역시 목숨으로 그 은혜를 갚으려고 합니다."
"설마 저에게 목숨을 맡긴다거나 그런 말씀은 아닐 거라 믿습니다."
"그건 아닙니다. 저도 목숨이 아까운 인간이거든요."
"그럼 이건 왜……?"
"이건, 언젠가 한 번 목숨을 걸고 소단주를 돕겠다는 그런 서약의 증표입니다."
저기요, 그 말이 그 말인데요?
"이 비수는 혹시라도 제가 이 약속을 잊고 있었을 때 이걸 꺼내 제게 기억을 상기시켜 달라는 의미로 드리는 겁니다."
조금 부담스럽긴 했지만, 도저히 거절할 수 있는 분위기가 아니었다.

"알겠습니다. 기억하고 있겠습니다."

천하제일상단의 후계자의 도움이니까 언젠가 필요할 때가 있을 거다.

나는 그 비수를 조심스럽게 품에 넣었다.

"오늘 오후 일과는 어찌 되십니까?"

"오늘 오후에는 저녁 식사 모임이 있습니다."

내 대답에 그가 미소를 지으며 말했다.

"좋은 사람들과 만나는 약속이신가 봅니다."

"아? 티가 났습니까?"

"방금 미소를 지으신 것을 보니 말입니다."

"맞습니다. 이번 회합에서 같이 앉았던 소단주들과 같이 저녁을 먹기로 했습니다. 제가 최근에 매운 닭찜 요리를 기가 막히게 잘하는 곳을 발견했거든요."

뭐, 비밀도 아니니까.

"매운 닭찜이라면, 아! 금계루군요!"

"맞습니다. 그곳에 대해 잘 아십니까?"

내 물음에 그는 고개를 저었다.

"전에 말씀드린 것 외에는 잘 모릅니다. 이제 지어진 지 갓 일 년이 넘은 정도고, 루주와 숙수가 부부 관계라는 정도만 알고 있습니다."

"그런 관계가 있었군요. 부부가 이곳에 자리를 잡았다면 이곳 출신인가 보군요."

"그건 아닙니다. 타지에서 흘러 들어왔다고 알고 있습니다."

"그렇군요."

그때 호경 공자가 뜻밖의 말을 했다.

"은 소단주, 혹시 실례가 되지 않는다면 그 자리에 저도 참석해도 되겠습니까?"

"네?"

"친해지고 싶어서 말입니다."

"그럼, 그때 하셨던 그 말이 빈말이 아니었습니까?"

내 물음에 그는 고개를 끄덕였다.

"제가 또 빈말은 못 합니다."

그건 맞다. 이전 삶에서도 호경 공자는 절대 빈말은 하지 않았었지.

"그럼, 내일 둘이서 만나면 되지 않습니까?"

"물론 그것도 좋긴 하지만, 이왕이면 여러 명이 모인 것이 즐겁지 않습니까?"

그는 말을 이었다.

"사실 주변에 또래의 친구가 별로 없습니다. 그리고 같은 상계에서도 아직 마음이 맞는 사람을 만나지 못했습니다."

"그러셨군요."

"하지만 은 소단주와 함께 하는 이들이라면, 제 마음에 맞는 이들일 수도 있을 것 같아서 말입니다."

그 마음이 이해가 되었다.

사정을 모르는 자들은, 친우를 가려 가면서 사귀냐고 할 법도 하지만…… 천하제일상단, 아니 백대상단 정도 되면 가려 가며 사귈 수밖에 없다.

왜냐하면 대부분이 돈을 보고 다가오기 때문이다.

그래서 백대상단의 후계자들 중에서는 가짜 친우 때문에 마음의 상처를 입은 이들이 많다.

그래도 얼른 알아차리고 관계를 정리하면 다행이지만, 끊어 내지 못하면 결국 그 친우 때문에 인생 망치는 거지.

물론, 담진 공자를 괴롭혔던 이들처럼 끼리끼리 어울리는 이들은 뭐…….

아무튼, 역설적으로 돈 때문에 마음과 마음이 맞는 그런 지음을 구하는 건 하늘의 별따기보다 더 어려워진다.

물론 그 빈부의 격차를 뚫고도 목숨을 걸 수 있는 우정이 있을 수도 있지만, 이는 결코 흔치 않으니까.

아무튼, 나 역시 그 마음을 잘 알기에 그 부탁을 거절할 수가 없었다.

"알겠습니다. 그럼, 다른 이들에게 한 번 물어보고 연락 드리겠습니다."

사실 이번 모임은 내 생일도 있고 해서 내가 주최한 모임이긴 하지만, 그 모임에 모이는 다른 이들의 의향도 중요하니까.

"정말 그리해 주시는 겁니까?"

"별로 어렵지 않은 일입니다."

"그럼, 저희 상단의 사람을 보내겠습니다. 그 사이 저와 잠시 대화라도 하시죠."

나는 사람을 불러 오늘 저녁에 모이기로 한 이들에게

전언을 보냈다.

그리고 우리는 다시 대화를 이어 갔다.

"사실 아까 저희 조부님과 대화하는 것을 듣고 놀랐습니다. 솔직히 저희 조부님께서 서책을 무척 좋아하셔서 상계의 사람치고 학식이 매우 풍부하신 편입니다. 하지만……."

그는 피식 웃었다.

"말이 좀 많으시죠."

"……."

그건 사실이긴 하지만, 그 손자인 호경 공자가 단도직입적으로 대놓고 그리 말할 줄은 몰랐다.

말이 많다는 건 상단의 일에 대한 말이 많다는 것이 아니라, 자신이 읽은 서책에 대해 말하는 것을 즐겨하시는 거다.

아마 학식으로 인해 무시당했던 과거에 대해 보상받고 싶은 마음인 듯하다.

대체 예전에 얼마나 심하게 무시당하고 사셨기에…….

호경 공자가 말을 이었다.

"솔직히 왜 그러시는지는 압니다만, 저나 아버지나 일각 이상 조부님과 대화를 이어 나가는 것이 힘듭니다."

"하하하."

"그래서 참 곤욕입니다. 효를 행해야 하는 입장에서는 그 말씀을 경청해야 하지만……."

그는 한숨을 내쉬었다.

"대체 비결이 뭡니까?"
"비결이랄 건 없습니다."
나는 뒷목을 긁적이며 말했다.
"그저 평소에 틈틈이 서책을 읽어 두는 겁니다."
"서책을 말입니까?"
나는 고개를 끄덕였다.
"예. 저희 백대상단쯤 되면 상대하는 이들도 같은 백대상단이거나 관리들인 경우가 많지 않습니까? 그런 분들은 서책을 주제로 이야기를 나누는 것을 좋아하시더라고요."
"그렇군요. 그래서 조부님께서도 서책을 즐겨 읽으시나 봅니다."
"그런 걸 겁니다."
잠시 생각하던 그는 나에게 물었다.
"평소에 하루에 몇 시진이나 주무십니까?"
"평소에 말입니까?"
음, 그러고 보니 내가 평소에 몇 시진이나 자더라?
잠시 따져 보던 나는 뭔가 말하는 것이 궁색해졌다.
"왜 그러십니까?"
"그게…… 의식한 적이 없었는데, 방금 따져 보니 하루에 두 시진 정도 자는군요."
"……"
와, 나 이러고도 아직 살아 있는 거구나.
그렇게 대화를 나누고 있을 때 상단의 하인들이 도착했다.

그들은 모두 같은 대답을 가지고 왔다.

"은 소단주님의 의향에 따르겠다고 하십니다."

그러면 결정권은 나에게 달린 거네.

눈을 빛내며 나를 바라보는 호경 공자의 시선이 느껴졌다.

윽, 저 눈빛을 보면서 어떻게 거절하겠어. 그리고 이것저것 받은 것도 있고.

"좋습니다. 함께 가시죠."

"감사합니다."

"그럼 이따가 금계루에서 뵙겠습니다."

* * *

호경은 은서호를 배웅하며 계속 그 뒷모습을 바라보았다.

그가 오늘 저녁 모임에 끼고자 은서호에게 말한 이유들은 거짓말이 아니었다.

친해지고 싶은 사람.

사실 한동안 그는 백대상단 회합에 참석하지 않았었다. 자신에게 다가오는 이들이 하나같이 자신을 이용하기 위해서였기 때문이다.

솔직히 백대상단의 자제들이 서로 친해지는 건 서로 이용하기 위함인 건 안다.

그러면 그냥 만나서 대화하면 되는데, 우정을 흉내 내

는 것이 참 같잖다고 해야 하나?

 그러다 올해는 그의 상단이 천하제일상단이 되었고, 하여 산동에서 백대상단회합을 하면서 은서호를 처음 만나게 되었다.

 그리고 그의 일거수일투족을 살폈다.

 영웅으로 이름난 그의 진면목이 궁금했기 때문이었다.

 덕분에 막 백대상단에 진입한 상단의 소단주를 포용하는 모습을 보게 되었다.

 그땐 그러려니 했는데…….

 결정적으로 자신의 목숨까지 구한 것이다.

 그것도 기물까지 사용해 가면서.

 이에 호경은 은서호의 인품에 탄복할 수밖에 없었다.

 '그리고, 덕분에 더 큰 일을 면하게 되었지.'

 그때 은서호가 넌지시 알려 준 정보를 통해 알게 되었다.

 백천상단이 뒤에서 더러운 짓거리를 꾸미고 있었다는 것을 말이다.

 천하제일상단이라는 건 그만큼 정보력도 뛰어나다는 의미이다.

 특히 산동 바닥은 백염상단이 꽉 잡고 있었으니 그 눈을 피하는 건 불가능한 일이다.

 그들은 남궁강의 동선을 파악하는 동시에 은서호의 동선도 파악했다.

 자신을 구해 준 자의 진의를 의심해야 한다는 것이 서

글프지만, 어쩌겠는가?

그에게 지금까지 다가왔던 수많은 가짜 친우들을 생각하면 의심하지 않을 수가 없었다.

그래서 은서호의 동선까지 조사해 봤는데, 그의 말에는 한 치의 거짓도 없었다.

그리고 관련자들을 심문하고 정보를 분석한 결과, 그날의 사건은 철저히 계획된 일이라는 게 드러났다.

"아, 그날 말이지? 물론 나도 그날이 백대상단의 회합 날이라는 건 알고 있었네. 하지만 갑자기 그런 일이 생겨서 나도 난감했다네. 아, 그날 백염상단으로 납품하려던 문제가 생겼던 철광석을 누가 실었냐고? 그게…… 갑자기 사라져 버렸다네."

"저, 저도 부탁받은 거라서……."

그리고 결정적으로, 그날의 사건을 일으켰던 막두는 심문을 받기도 전에 이미 뇌옥 안에서 사망한 채 발견되었다.

완벽한 입막음이었다.

하지만 은서호의 언질 덕분에 누가 범인인지는 알아낸 상황이다.

다만 진범의 자백이 없고 그 자백을 기대하기 어렵다는 것이 문제였지만.

그렇게 되자 호주신 상단주와 소단주, 호경 공자는 은서호를 의심했던 것이 못내 미안해졌다.

"허허, 상인이 왜 선협미랑이라는 명호로 불리나 했더니 이유가 있었구나."

"정말입니다. 조부님. 역시 제 눈은 틀리지 않았습니다."

그들의 말에 소단주가 우려의 목소리를 내었다.

"하지만, 은 소단주에게 선협미랑이라는 영웅의 칭호를 준 자들이 바로 그 무림맹입니다."

"그렇지만 내가 볼 때 그는 그들과 연관이 없다. 만약 그렇다면 은 소단주가 일부러 남궁 상단주에 대해 말할 이유가 없지."

"……."

"그리고 그 선협미랑이라는 명호 자체는 그 이전부터 얻었던 것이더구나. 일전에 돌림병이 돌았을 때, 직접 그곳으로 들어가 구호 활동을 펼쳤다고 하더구나."

"아! 그래서……."

그제야 소단주와 호경 공자는 은서호의 명호가 선협미랑인 이유를 깨달았다.

단순히 용봉비무회 때의 일로 인해 명호가 붙었다면, 선협이라는 말보다는 용협(勇俠)이라는 말이 더 어울렸으니까.

아니면 무공이 뛰어나다는 의미의 명호가 붙거나.

"그런 자를 우리가 의심했으니 미안한 마음이 드는구나."

"그렇다면 아버지, 이번 일의 보상으로 생각했던 기물의 등급을 한 단계 더 올리시지요. 솔직히 제 아들의 목숨을 살려 주었는데 그 무엇이 아깝겠습니까? 게다가 경이는 저희 상단의 미래가 아닙니까?"
"그렇지."
호주신 상단주가 고개를 끄덕이고는 호경 공자를 불렀다.
"경아."
"네, 조부님."
"내가 오랜 세월을 살아온 건 아니지만, 그래도 나름 사람을 보는 눈이 없지는 않다고 생각한다. 덕분에 여기까지 상단을 일구어 온 것이고."
"……."
"내가 볼 때 은 소단주는 앞으로 더 크게 될 인물이다. 또한 네가 원하는 그런 진실한 친우가 될 수 있는 인물이기도 하다."
"저 역시 그렇게 생각합니다."
"그런 자를 네 지음으로 만들고 싶다면, 너 역시 그를 진심으로 대해야 할 것이다."
"명심하겠습니다."

그 대화를 떠올리며 호경은 빙그레 웃었다.
잠시 후의 저녁 식사가 기대되었다.

* * *

슬슬 해가 저물어 가자, 나는 금계루로 향했다.

내가 주최자인 만큼, 먼저 가서 기다리는 것이 예의니까.

그런데 금계루로 가는 길에 낯익은 기운이 느껴졌다.

음? 이건…… 금계루의 숙수의 기운인데?

음식 준비로 바빠야 할 분이 왜 여기에 계신 거지? 그리고 왜 다른 자와 같이 있는 거지?

진유 무사도 이를 느낀 듯했다.

"주군, 금계루 숙수의 기운입니다."

다른 살수의 기운을 느낄 수 있는 경지라서 그런지 그 역시 알아차린 듯했다.

"그분 말고 또 다른 사람의 기운도 느껴지네요."

진유 무사는 굳은 표정으로 대답했다.

"같이 있다는 자에게서, 피 냄새가 납니다."

"피…… 냄새라고요?"

아무래도 이전 삶에서 금계루에 일어났던 그 일이 다가오는 듯했다.

"어찌할까요?"

그 물음에 잠시 고민하던 나는 말했다.

"그자의 경지는 어떤 것 같나요?"

"저보다는 낮은 듯합니다."

"그러면 그자를 감시할 수 있겠습니까?"

"물론입니다."
"그럼 부탁드립니다."
그는 고개를 끄덕이더니 즉시 기척을 감추고 사라졌다.
이를 보며 나는 감탄했다.
"언제 봐도 진유 무사의 저 기술은 참 대단하네요."
"……."
그런 나를 보며 모두 어이없다는 표정을 지었다.
왜지?
그런 나를 보며 팔갑이 한숨을 내쉬며 말했다.
"지금 용이 지렁이한테 감탄하시는 겁니까요?"
"응?"
"솔직히 도련님이 작정하고 숨으면 아무도 모릅니다요. 아무도 못 찾습니다요."
"아무도 못 찾지는 않겠……."
"꾸이!"
내 옷소매에서 들리는 금령의 꾸이거리는 소리에 나는 가만히 입을 닫았다.
"험험."
그때 이필 무사가 말했다.
"팔갑 소이. 물론 맞는 말이고 적당한 비유이긴 한데, 우리가 지렁이라니……."
"그럼 뱀이라고 하겠습니다요."
"아, 아니, 따지고 보면 그것도."
"아니면 미꾸라지나 장어는 어떻습니까요?"

"……."
말문이 막혀 버린 호위무사들.
그걸 보며 나는 문득 그런 생각을 했다.
사실 진정한 강적은 팔갑이 아닐까 하는…….

잠시 후,
우리는 금계루에 도착했다.
"어서 오십시오. 아! 오늘 삼 층을 빌리신 분이죠?"
"네. 그렇습니다."
몇 번 와서 그런지 내 얼굴을 기억한 듯했다.
"위쪽으로 바로 모시겠습니다."
우리는 삼 층으로 올라갔다.
그곳에는 우리가 요청한 대로 식탁 다섯 개가 놓여 있었다.
시종과 호위무사를 배제한 채 우리끼리만 맛있는 음식을 먹고 놀 순 없잖아.
그렇기에 그들의 자리도 같이 마련한 것이다.
가운데에 나와 소단주들이 앉고, 그 사방으로 시종과 호위무사들이 앉는 구조.
진유 무사와는 나중에 따로 자리를 마련해야겠군.
잠시 기다리자, 금계루로 숙수가 돌아오는 모습이 모였다.
그 표정을 보니, 역시 좋은 의도로 그 살수가 그에게 접근한 건 아닌 듯했다.

솔직히 원래라면 이렇게까지 신경 쓸 일은 아니다.

하지만 이렇게 맛있는 닭찜은 처음 먹어 봤고, 그 음식을 계속 먹기 위해서 그에게 관심이 갔다고 해야 할까?

그렇기에 뭔가 사정이 있다면 돕고 싶은 것이다.

앞으로 제남에 올 때마다 이곳의 매운 닭찜을 먹고 싶었으니까.

그렇게 잠시 기다리자, 내가 초대한 이들이 하나둘씩 도착하기 시작했다.

가장 먼저 온 이는 복윤 소단주.

"어서 오십시오."

"제가 늦은 모양이군요."

"그럴 리가요! 제가 일찍 온 겁니다. 손님이 기다리게 해서 되겠습니까?"

그다음으로는 호경 공자가 왔다.

"갑작스럽게 참석을 요청해서 여러분을 번거롭게 했습니다."

"그런 말 하지 마십시오. 저 역시 은 소단주가 초대한 손님 중 하나일 뿐입니다. 그리고 다 같이 모이면 좋은 것 아니겠습니까?"

"하하하. 그건 그렇죠."

그다음으로는 담진 소단주, 그리고 사강 소단주가 도착했다.

마지막으로 온 자는 한백건 소단주.

물론 마지막으로 왔다고 해도 지각한 것은 아니었다. 정시보다는 이르게 도착했으니까.

곧 약속한 시간이 되자, 점소이들이 음식을 내오기 시작했다.

"맛있게 드십시오."

"잘 먹겠습니다."

"이렇게 저희뿐만 아니라 다른 이들까지 챙겨 주시니 감사할 따름입니다."

"먹을 땐 다 같이 먹어야 즐거운 법이죠."

그렇게 말하며 팔갑을 흘깃 보았다.

눈치 빠른 팔갑이 얼른 외쳤다.

"도련님 말씀대로입니다요. 먹고 있는데 그거 빤히 쳐다보는 것도 부끄러운 일입니다요."

이에 여응암 무사가 동조했다.

"팔갑 소이의 말대로입니다. 솔직히 저희 호위무사들도 사람인데 왜 안 먹고 싶겠습니까?"

그 말에 다른 호위무사들도 고개를 끄덕였다.

"맞습니다. 그럼 다들 맛있게 드십시오."

"감사합니다."

모두가 젓가락을 들었고, 화기애애한 시간이 이어졌다.

우리는 우리 나름대로 이런저런 이야기를 하느라 시간 가는 줄 몰랐다.

그리고 시종들과 호위무사들도 맛있는 음식을 먹어서 그런지 다들 즐거운 모습이었고.

"잠시 볼일 좀 보고 오겠습니다."

나는 그리 말하며 일 층으로 내려왔다. 중간 계산을 하기 위함이었다.

이런 누각 형태의 반점에서는 일정 금액 이상이 넘어가면 중간 계산을 해야 한다.

먹고 튈 수도 있고, 나중에 나 몰라라 하는 일도 있으니까.

중간에 점소이가 올라와서 "저, 중간 계산 좀……."하는 그런 상황을 만드는 것보다 이렇게 미리 내려와서 중간 계산을 하는 편이 분위기를 깨지 않으니까.

그래서 적당한 시간에 자연스럽게 내려온 것이다.

"중간 계산을 하겠습니다."

"네, 지금까지……."

나는 금액을 듣고 품에서 은자를 꺼내 내밀었다.

"어? 이거 너무 많은데……."

"알고 있습니다. 일단 미리 받아 두십시오. 나중에 최종 계산 때 남으면 잔돈을 돌려주시면 됩니다. 혹 모자라면 나중에 추가로 계산하겠습니다."

"알겠습니다."

사실 처음부터 돈을 주고 올라와도 되지만, 일부러 중간 계산을 하기 위해 내려왔다.

그건, 숙수의 표정을 살피기 위해서다.

"숙수께서는 주방에 계신 모양입니다."

"아, 그건 아닙니다. 이곳이 좀 외진 곳이라서 늦은 밤에는 손님들이 없거든요. 이미 나갈 음식들은 다 나가서 잠시 쉬고 계시는 모양입니다."

"그렇군요."

그러고 보니 아까만 해도 일 층과 이 층에 있던 손님들이 어느새 모두 귀가한 듯했다.

"저희 때문에 다들 퇴근이 늦어진 모양이군요. 죄송합니다."

"그런 말씀 마십시오. 덕분에 오늘도 추가금을 받을 수 있게 되었는데 무슨 그런 말씀이십니까?"

"추가금이요?"

"네."

점소이는 웃으며 고개를 끄덕였다.

"루주님께서는 하루 매출이 일정 금액을 넘어서면 저희 점소이들에게 추가금을 주십니다. 일종의 수고비죠."

"참 좋은 루주시군요."

"네, 선녀도 그런 분이 없습니다. 물론 저희가 잘못하면 따끔하게 혼을 내시지만 공연히 트집을 잡거나 하지도 않으시니까요."

그의 말과 표정에서 금계루의 루주가 무척 덕망이 있음을 알 수 있었다.

그리고 사람 다루는 솜씨가 제법이라는 것도.

그 무엇이든, 밖에서 무너지는 법은 별로 없다. 대부분이 안에서부터 무너진다.

아무 일도 없다면, 이 금계루는 제남을 넘어 산동의 명물이 될 거다.

"혹시 숙수께서 어디에 계시는지 아십니까? 오늘도 요리가 아주 훌륭했다고 감사를 전하고 싶습니다."

"지금이라면 주루 뒤쪽의 나무 아래에 계실 겁니다."

"감사합니다."

나는 점소이에게 감사 인사를 하고 뒤쪽으로 향했다.

그러자 나무 아래에 서 있는 숙수가 보였다.

"아니, 여기까지 어인 일이십니까?"

내가 온 것을 알아차린 그가 당황하며 물었고, 나는 웃으며 포권했다.

"오늘 맛있게 먹었다고, 감사 인사를 드리고자 이렇게 왔습니다."

"저는 그저 성의를 다했을 뿐입니다."

"그 성의를 다하는 것이 중요하죠."

그는 쓴웃음을 짓고는 화제를 돌렸다.

"그런데, 그 호위무사는 오지 않은 모양입니다."

"네?"

"그 살수였던 호위무사 말입니다. 저에게 말을 전해 주었던."

"아! 진유 무사를 말씀하시는군요. 잠시 일이 있어서 오지 못했습니다."

진유 무사는 그 살수를 감시하라는 내 명 때문에 이곳에 오지 못했다.

내 말에 그는 잠시 망설이다가 입을 열었다.

"……그런데, 그런 자를 호위무사로 두는 게 괜찮으십니까?"

"네? 뭐가 말입니까?"

그는 한숨을 내쉬며 말했다.

"후, 이미 그가 나에 대해 말했을 테니 터놓고 말하죠. 살수는 사람을 죽이기 위해 살아온 존재입니다. 그런 자를 호위로 두는 것이 꺼림칙하지 않습니까?"

"살수였던 그쪽이 만든 매운 닭찜 요리. 엄청 맛있던데요."

"그야 아까 말했듯이 저는 성의를 다해서……."

"진유 무사도 마찬가지입니다. 그 역시 성의를 다해서 저를 섬길 뿐입니다. 대답이 되었습니까?"

내 말에 그는 무언가를 깨달은 듯 피식 웃었다.

"충분히."

그때였다.

점소이가 우리에게 달려온 것은.

"숙수님! 큰일입니다."

점소이의 다급한 표정만 봐도 뭔가 큰일이 벌어졌다는 것을 알 수 있었다.

"무슨 일이냐?"

"그게, 루주님께서 납치당하신 듯합니다."

"지, 지금 뭐라고?"

나는 분명히 들었다. 납치라고?

그 점소이는 자초지종을 설명했다.

"오늘 삼 층 전세 내신 분들께 인사를 드리겠다고, 중간 계산을 할 때 불러 달라고 하셨습니다. 그래서 루주님을 부르러 루주님 방으로 갔는데……."

그는 숨을 돌리며 말을 이었다.

"루주님은 계시지 않고, 서신 하나가 단검으로 상 위에 박혀 있었습니다."

그는 즉시 경공을 사용하여 달려갔고, 나 역시 그를 따라 달렸다.

루주의 방은 일 층에 있었고, 그는 문을 부서질 듯 거칠게 열어젖혔다.

벌컥!

그리고 그 앞에 보이는 건, 점소이의 말대로 단검이 꽂혀 있는 서신이었다.

황 숙수는 서신을 무서운 눈으로 서신을 노려보았다.

대체 무슨 내용이기에 저런 표정인 것이지?

[암우객. 너는 우리의 제안을 거절하지 말아야 했다. 너는 무사히 우리에게 돌아올 기회를 놓쳤다. 이 여자로 인해 네가 우리를 떠났으니, 이 여자의 목숨을 취함으로써 네가 조직을 떠난 대가를 받도록 하겠다. 너도 알고 있지 않은가? 배신의 대가는 가장 아끼는 자의 목숨인 것을 말이다.]

그 서신을 본 나는 깜짝 놀랐다.

암우객(暗羽客).

그는 제법 유명한 살수였기 때문이다.

의뢰를 받아 누군가를 죽이면, 그 증거로 가슴에 검은색 깃털을 하나 꽂아 놓는다고 해서 그런 이름이 붙었다.

하지만 몇 년 전부터 이름이 들려오질 않았다.

하여 죽었다든지, 은퇴했다든지 하는 이야기가 무성했는데…….

"당신이…… 암우객이었습니까?"

내 물음에 그는 흠칫했다.

"어, 언제 여기에? 아니, 어떻게 따라온 겁니까?"

"제가 호위무사를 통해 말을 전한 것을 잊었습니까? 당연히 도와줄 만한 능력이 있으니 그리 말한 것입니다."

내 말에 그는 입술을 깨물었다.

"나를 관에 고발할 겁니까?"

"당신이 암우객이라는 건 이 서신을 쓴 자의 일방적인 주장일 뿐이라고 생각합니다. 저는 이런 불확실한 것으로는 위험을 감수하고 싶지 않습니다."

나는 말을 이었다.

"제가 아는 당신은, 제가 먹어 본 매운 닭찜 요리 중 가장 맛있는 매운 닭찜 요리를 만들 수 있는 금계루의 숙수일 뿐입니다."

털썩.

그는 내 앞에 무릎을 꿇었다.

"부탁합니다. 부디 부인을 살려 주십시오. 솔직히 저는 누군가를 죽이는 건 자신 있지만, 누군가를 구하는 건 자신이 없습니다."

"음…… 이렇게 합시다. 내가 당신의 정체를 비밀로 해 줄 테니, 당신 역시 저에 대해 비밀로 해 주십시오."

"정말…… 그걸로 됩니까?"

"충분합니다. 저는 당신의 요리를 계속 먹고 싶거든요."

"알겠습니다."

"그럼 잠시만 기다리십시오."

나는 다른 소단주 친우들을 돌려보내기 위해 우선 삼층으로 올라갔다.

"아! 어디 다녀오셨습니까?"

"숙수에게 잘 먹었다고 인사하고 왔습니다."

"그러셨군요. 저희도 루주에게 감사 인사를 하려고 했는데……."

"출타 중이라고 하더군요."

"아, 그러면 할 수 없군요."

나는 그들에게 정중히 자리를 파할 것을 제안했다.

"이제 슬슬 일어나는 게 어떻겠습니까? 시간도 많이 늦은 것 같습니다."

"그러는 게 좋겠군요. 다들 내일도 할 일들이 있을 테니 말입니다."

"오늘 즐거웠습니다. 다음에도 또 만날 수 있으면 좋겠습니다."

"저 역시 마찬가지입니다."

우리는 서로 화기애애하게 인사를 나누며 헤어졌다.

나는 주최자로서 그들을 배웅했다.

이제, 루주를 구하러 가 볼까?

꽤나 급한 상황인데 왜 이렇게 여유를 부리느냐 하면, 나름 믿는 구석이 있으니까.

* * *

'여긴, 어디지?'

정신을 차린 장은옥은 자신이 낯선 곳에 있다는 것을 알아차렸다.

사방이 어두워서 아무것도 보이지 않았다.

그녀는 기억을 더듬어 보았다.

분명히 자신은 삼 층을 전세 낸 공자에게 인사를 하기 위해 점소이가 자신을 부르기를 기다리고 있었다.

그는 며칠 동안 금계루를 방문했고, 덕분에 그의 정체를 알게 되었다.

선협미랑이라 불리는, 은해상단의 소단주라는 것을.

어쨌거나 고마운 손님이었다.

특히 남편인 황석의 요리를 극찬해 주는 사람이었으니까.

그런데 갑자기 처소의 창문이 열렸고, 그걸 알아차린 그녀가 고개를 돌렸을 때부터 기억이 없었다.

'아…… 나 납치된 거구나!'

그러고 보니 오늘, 황석이 어두운 얼굴로 혼자 있지 말라고 했었다.

이유가 있던 거였다.

사실 그의 남편인 황석은, 살수였다.

그녀가 황석을 처음 만난 건, 육 년 전이었다.

장은옥의 미모는 마을에서 유명했고, 그 때문에 한 부자가 그녀를 여섯 번째 부인으로 부르게 되었다.

그 부자는 호색한으로 유명했기에, 그녀의 부모님은 그녀를 보내고 싶어 하지 않았지만 어쩔 수 없었다.

그 마을에서 그 부자의 비위를 거스르고 살아갈 수는 없었으니까.

그렇게 여섯 번째 부인이 된 그녀는, 그 부자의 수집품이나 다름없는 신세가 되었다.

별당에 갇혀 어디에도 나갈 수 없었으니까.

그러던 어느 날.

그녀는 자신이 거하던 별당 마당에 한 남자가 쓰러져 있는 것을 발견했다.

복면을 쓴 남자는 누가 봐도 수상해 보였지만…….

"저, 저기요? 이봐요?"

간신히 눈을 뜬 그가 물었다.

"나를 살릴 생각이오?"

"네?"

"그러지 마시오. 이대로 죽어도 상관없으니."

처연한 눈으로 그리 말하니, 더더욱 그리 놔둘 수 없었다.
하여 손수 그의 상처를 치료해 주었다.

그런 그녀에게 그가 말했다.

"미련한 짓을 하는군."

"어째서 그리 말하는 건가요?"

"나는, 이 집의 장주를 죽였으니까. 나는 당신의 조부를 죽인 원수이지."

그녀는 한숨을 내쉬며 답했다.

"……부인이에요."

"뭐?"

"여섯 번째 부인이라고요."

"쿨릭! 당신 대체 몇 살이오?"

"올해 스물세 살이에요."

"장주의 나이가 칠십인데……."

"팔려 온 거죠, 뭐. 저는 그의 수집품일 뿐이에요. 수집품이 뭔 감정이 있겠어요."

그 후로 그는 그녀의 별당에 종종 방문했고, 둘 사이에 새로운 감정이 싹트기 시작했다.

그러던 어느 날.

"왜 그런 표정이오?"

"장주의 아들이, 저에게 침소에 들라는 말을 전했거든요."

"당신은 장주에게 어머니가 되지 않소?"

"그렇죠."
"개자식."
"저 대신 욕해 줘서 고마워요."
"그래서 이제, 어찌할 생각이오?"
"어쩌겠어요? 침소로 가야죠."
그런 장은옥의 손목을 잡은 손이 있었다.
그녀가 놀라 눈을 휘둥그레 뜨자, 그는 진지한 표정으로 부탁했다.
"가지 마시오."
"네?"
"내 부인이 되어 주시오."

그렇게 그녀는 그와 같이 도망쳤고, 지금에 이르게 된 것이다.
드르륵.
그때 그녀가 있던 공간의 문이 열리고, 등불을 든 한 무리의 이들이 들어왔다.
"네년이구나! 우리 향의 가장 큰 보물인 암우객을 빼앗아 간 년이!"
그 말에 그녀는 자신도 모르게 욱하여 소리를 질렀다.
"그 사람은 물건이 아니에요! 그런 말 하지 마세요!"
그런 그녀를 향해 그 앞의 남자가 손을 휘둘렀다.
짜악-!
"닥쳐!"

"꺄악!"

남자가 검을 뽑아 들었고, 쓰러진 그녀에게 겨누었다.

스릉.

"아무튼, 네년이 원흉이다! 네년 때문에 선배가 이 길을 버렸으니까."

그녀는 주먹을 꽉 쥐며 그의 말을 반박했다.

"물론 저 때문이긴 하겠죠. 하지만 그는 원래 살수라는 것을 싫어했다고요."

"닥치라고 했지?"

그는 빼든 검을 그녀의 어깨에 대었다.

"네년의 팔을 잘라 협상을 할 생각이다. 네년의 목숨을 살려 주는 대신 다시 이곳으로 돌아오라고."

그 말에 장은옥의 얼굴이 하얗게 질렸다.

간신히 벗어난 살수의 길을 다시 걷게 할 순 없었다. 하지만 자신은 무력했다.

그는 그녀를 향해 검을 내리쳤다.

그녀는 본능적으로 눈을 감았다. 하지만 고통이 느껴지지 않았다.

깡—!

대신 귀에 들리는 이질적인 소리.

그건 검을 막아 내는 소리가 분명했다.

"어?"

눈을 뜬 그녀의 앞에는 한 남자가 서 있었다. 그 남자가 그 검을 막아 낸 것이다.

"넌 누구냐?"

하지만 그는 그들의 외침에 일절 대답하지 않고 장은옥에게 말했다.

"루주께서는 그분께 되돌아갈 생각만 하시면 됩니다."

"당신은?"

장은옥은 그가 누군지 알 것 같았다.

최근 금계루를 자주 찾던 미청년의 호위 중 한 명이다.

곧 그들 사이에 싸움이 벌어졌다.

그들은 등불을 껐다.

특수한 훈련을 받지 않은 자에게 어둠 속의 싸움은 불리했으니까.

하지만 그들이 간과한 것은 상대인 진유가 살수, 그것도 살선의 경지에 이른 살수였다는 거다.

콰직!

그때 그들이 있던 공간의 벽이 깨어졌다.

그건 벽이 아니라 창문이었다.

훤히 드러난 밖의 풍경.

달이 밝은 덕분에 그제야 장은옥은 자신이 있던 공간이 높은 누각의 꼭대기 층이었음을 깨달았다.

그때였다.

"루주, 뛰어내리십시오."

"네?"

"황 선배가 기다립니다. 뛰어내리십시오."

그 말에 그녀는 고개를 끄덕였다. 그리고 망설임 없이

눈을 꼭 감고 그대로 아래로 뛰어내렸다.

 분명 이대로 바닥에 떨어진다면 목숨을 잃을 터.

 하지만,

 탓-!

 그녀는 곧 누군가의 품에 안겨 있음을 깨달았다.

 황석이 때를 놓치지 않고 떨어지는 그녀를 받아 안은 것이다.

 장은옥은 언제나처럼 포근한 품에, 그리고 그 체취에 그를 불렀다.

 "황랑……."

 그녀의 부름에 황석이 말했다.

 "미안하오. 내가 제대로 말해 주지 않아서."

 "괜찮아요."

 그녀는 그런 황석의 뺨을 어루만져 주었다.

 "늦지 않아서 천만다행이오."

 "사실, 큰일 날 뻔했는데 진유라는 무사분께서 도와주셨어요."

 그 말에 황석은 고개를 끄덕였다.

 "어쩐지, 믿는 구석이 있어서 그리 느긋한 거였군."

 "네?"

 "저 사람이 도와주었소."

 그가 어느 지붕에 살짝 내려앉더니, 한 곳을 가리켰다.

 그곳에는 한 복면인이 유려하게 검을 휘두르고 있었다.

 그 얼굴이 보이지 않았지만, 그녀는 그가 누군지 알 것 같았다.
뒷모습마저 잘생겼으니까.
그래도 그녀의 남편은 황석뿐이었다.

　　　　　　　＊　＊　＊

다음 날,
우리는 금계루로 향했다.
황석 숙수가 우리에게 감사를 표하고 싶다며, 저녁을 대접하겠다고 했기 때문이다.
안 그래도 조만간 다시 오려고 했는데 잘됐다.
어제 진유 무사가 회식에 빠진 것이 마음에 걸렸거든.
"어서 오십시오."
장은옥 루주가 우리를 반겨 주었다.
"이리 맞아 주셔서 감사합니다."
"어서 오세요. 환영합니다."
우리는 삼 층으로 올라갔고, 곧 음식들이 가득 차려졌다.

어젯밤,
우리는 장은옥 루주를 납치했던 살수 집단인 암향(暗鄕)을 제거했다.
그들을 관에 넘길까도 잠시 고민했지만, 이내 마음을 바꿔 깔끔하게 입을 막아 버렸다.
괜히 그들의 입을 통해 황석 숙수의 정체가 밝혀지면

그것도 곤란했기 때문이다.

이제 황석 숙수의 과거를 아는 인물은 점소이뿐이군.

나는 직접 음식을 떠서 진유 무사의 접시에 놔주었다.

"많이 드세요."

"주군께서 직접 음식을 떠 주시니, 황송합니다."

"뭘 황송할 것 까지 있나요? 저야말로 고맙죠. 덕분에 루주님께서 큰일을 면할 수 있었으니까요."

그렇게 식사를 들고 있자, 황 숙수와 장 루주가 같이 우리에게 다가왔다.

"이번에, 은공들께 입은 은혜에 감사드립니다."

"별일이 없어서 얼마나 다행인지 모릅니다."

황 숙수가 말을 이었다.

"이 은혜를 어찌 갚아야 할지 모르겠습니다."

나는 젓가락을 내려놓으며 말했다.

"저희는 내일모레 이곳을 떠납니다."

"그러시군요."

"다음에 이곳에 들렀을 때 다시 황 숙수님의 매운 닭찜을 먹을 수 있다면, 그것으로 보답이 될 것 같습니다."

나는 말을 이었다.

"가능하겠습니까?"

"물론입니다. 언제든지, 다시 찾아 주십시오."

.
.
.

그들은 아래로 내려갔고, 우리는 다시금 식사에 열중했다.

"와, 진짜 맛있습니다요!"

팔갑의 말에 우리는 모두 고개를 끄덕였다.

이거, 나중에 호북성에 분점을 하나 내자고 할까?

이 맛을 재현할 수만 있다면 성공은 따 놓은 당상이니까.

나는 아래로 내려갔다.

그들이 무료로 대접해 준다고 했지만, 그래도 계산은 해야 할 듯했기 때문이다.

"뭐, 필요하신 거 있습니까?"

점소이의 물음에 나는 고개를 저었다.

"계산을 하려고 합니다."

"네? 하지만 오늘은······."

"압니다. 하지만 제가 공짜로 얻어먹는 것을 별로 좋아하지 않아서 말입니다."

그리 말하며 주머니에서 돈을 꺼내어 계산했다.

"저, 그런데······ 숙수님께서 암우객이었다는 것이 사실입니까?"

그 물음에 나는 고개를 저었다.

"아닙니다. 그자들이 착각한 것이었습니다."

"그랬군요! 역시 그 좋으신 분이 그랬을 리가 없죠."

그는 연신 고개를 끄덕였다.

점소이들은 언제나 조심해야 한다. 어느 누가 하오문의

문도인지 알 수 없으니까.

바깥을 보자, 나무 아래에 같이 서 있는 황 숙수와 장 루주의 모습이 보였다.

문득 어제 그가 했던 말이 떠올랐다.

"만약 은옥이 죽었다면, 나는 그들을 모조리 제거하고 금계루와 함께 타 죽었을 겁니다."

하지만 이번 삶에서, 금계루는 온전할 수 있었다.

아울러 그들 부부도 온전히 둘만 바라보며 살 수 있게 되었다.

나는 그들을 보며 보람을 느꼈다.

나는 다정하게 이야기를 주고받는 부부의 모습을 보며 금령을 부드럽게 쓰다듬었다.

"꾸이?"

외롭냐고?

아니, 그건 아니고…….

그런데 왜 살짝 눈물이 나지?

(은해상단 막내아들 17권에서 계속)

환상이 숨쉬는 공간 파피루스 blog.naver.com/gnpdl7

율운 스포츠 판타지 장편소설

역대급 뱀직구로 슈퍼에이스!

뱀 한 마리 구해 주고 패스트볼의 신이 되었다
『역대급 뱀직구로 슈퍼에이스!』

밋밋한 포심, 애매한 변화구
혹사에 이은 수술, 그리고 입대까지
높아져만 가는 프로의 벽에 절망하던 구강혁

어느 날 고통받던 뱀을 구해 주고
문신과 함께 신비한 야구 능력을 얻게 되는데

"구속도 구속인데 무브먼트가……. 마치 뱀 같은데?"

타격을 불허하는 뱀직구를 앞세워
한국을 넘어 메이저리그까지 제패하겠다
전설을 써 내려갈 구강혁의 와인드업이 시작된다!